I CLASSICI
Ritrovati

Collana diretta da Enrico De Luca

LUCY MAUD MONTGOMERY

LA STANZA ROSSA
e altre storie di fantasmi

A cura di Enrico De Luca
Illustrazioni di Michela Pollutri

Caravaggio
Editore

LA STANZA ROSSA E ALTRE STORIE DI FANTASMI
di Lucy Maud Montgomery

Titoli originali: *The Red Room; Miriam's Lover; Davenport's Story; The Girl at the Gate; The House Party at Smoky Island; The Ghost at Brixley's*

Traduzioni integrali dall'inglese, introduzione e note di Enrico De Luca. Illustrazioni di Michela Pollutri.

Collana Editoriale *I Classici Ritrovati* (Volume 5)

Prima edizione ottobre 2019

ISBN 978-88-95437-94-1

INTRODUZIONE

Anche Lucy Maud Montgomery,[1] l'autrice nota per le poetiche e raffinate descrizioni dei paesaggi canadesi e per aver creato personaggi immortali (non possiamo non citare Anne Shirley),[2] cedette al fascino delle storie di fantasmi. E non soltanto scrisse brevi racconti sul soprannaturale che pubblicò in varie riviste, ma inserì alcuni elementi tipici delle *ghost stories*, assai di moda ancora nei primi decenni del XX secolo, anche in alcuni suoi romanzi, fra i quali: *Anne of Green Gables* (*Anne di Tetti Verdi*), *The Story Girl* (*La Ragazza delle Storie*), *Emily of*

[1] Per informazioni biobibliografiche sull'autrice cfr. l'*Introduzione* a L. M. Montgomery, *Anne di Tetti Verdi*, a cura di E. De Luca, Tricase, Lettere Animate, 2018.

[2] La protagonista della famosa e fortunata saga composta da ben 11 titoli (9 romanzi e 2 raccolte di racconti).

New Moon (*Emily della Luna Nuova*) e *Magic for Marigold* (*Marigold*).[3]

Nel capitolo XX di *Anne di Tetti Verdi* (1908), dal titolo *Una buona fantasia andata male*, la protagonista descrive a una sconcertata Marilla un bosco infestato, nel quale ha il terrore di passare di sera per via di «una dama bianca che cammina lungo il torrente [...] e si torce le mani ed emette grida lamentose», e del fantasma di un bambino assassinato che «ti scivola alle spalle e posa le sue dita fredde sulla tua mano», e ancora dell'uomo senza testa «che ti segue su e giù per il sentiero» e degli scheletri che «ti guardano in cagnesco tra i rami».[4] Anne teme che qualcosa di bianco potrebbe raggiungerla da dietro gli alberi e afferrarla, e per convincere Marilla della verità delle sue affermazioni, cita due episodi di fantasmi

---

[3] Fra parentesi i titoli dei romanzi così come sono conosciuti attualmente in Italia.

[4] L. M. Montgomery, *Anne di Tetti Verdi*, cit., p. 174.

che le hanno raccontato. E quando l'inamovibile Marilla le impone di passare per il bosco di abeti oltre il ruscello, Montgomery descrive lo stato d'animo di Anne che «rimpianse amaramente la libertà che aveva concesso alla sua immaginazione» perché «i goblin della sua fantasia erano in agguato in ogni ombra intorno a lei, e tendevano le loro mani fredde e senza carne per abbrancare l'atterrita ragazzina che li aveva evocati».[5]

Nel penultimo capitolo della *Ragazza delle Storie* (1911), dal titolo *Al confine tra luce e tenebra,* Sara Stanley racconta di un uomo cattivo e rude che si comportava male persino in chiesa e non credeva all'esistenza del demonio. Una domenica, invece di recarsi alla funzione

[5] L. M. Montgomery, *Anne di Tetti Verdi,* cit., p. 175. La descrizione della traversata di Anne continua con altri particolari e genera una certa ansia anche nel lettore, sebbene conscio che tutto sia frutto dell'immaginazione della ragazzina.

andò a pesca cantando una canzonetta blasfema e fu allora che «qualcosa» sbucò dal bosco e gli camminò al fianco. Quel «qualcosa» era una creatura mostruosa, nera e pelosa, che lo colpì su entrambe le spalle e così egli portò per tutta la vita il segno della mano del maligno.[6]

Il titolo del capitolo XXIII di *Emily della Luna Nuova* (1923) è piuttosto esplicito: *Una notte con i fantasmi*; in esso non solo l'autrice descrive nei minimi particolari l'agitata notte della protagonista presso Wyther Grance, una residenza spettrale e misteriosa, ma cita persino *I misteri di Udolfo*, il celebre romanzo del 1794 di Ann Radcliff (1764-1823) che inaugurò il genere gotico.[7]

E per finire nella seconda parte del capitolo dal titolo *Vocazione manifesta di Marigold*

---

[6] Cfr. L. M. Montgomery, *La Ragazza delle storie*, trad. di R. Mainetti, Roma, Flower-ed, 2018, pp. 294-295.

[7] Cfr. L. M. Montgomery, *Emily della Luna Nuova*, trad. di A. Solinas, Milano, Mursia, 1993, pp. 186-192.

(1929), la giovanissima protagonista crede di essere rimasta chiusa da sola in una camera semioscura con una terrificante bambola di una defunta sul letto, che pare essa stessa una morta, e con un grosso manicotto di pelo di orso posato vicino al letto. E allora le tornano in mente strani racconti di streghe e di manicotti infestati che si muovono durante la notte.[8]

Nella presente raccolta ho selezionato sei racconti pubblicati su varie riviste: quello che dà il titolo alla silloge, cioè *La Stanza Rossa* (*The Red Room*), è un racconto a tinte gotiche pubblicato nel 1898 sul numero di luglio del «Waverley Magazine» (Montgomery non aveva ancora compiuto ventiquattro anni); i quattro seguenti, *L'amante di Miriam* (*Miriam's Lover*) [«Waverley Magazine», giugno 1901], *La storia di Davenport* (*Davenport's*

---

[8] Cfr. L. M. Montgomery, *Marigold*, trad. di E. Ferrero, Milano, Bompiani, 1995, pp. 270-274.

Story), [«Waverley Magazine», aprile 1902,] *La ragazza al cancello* (*The Girl at the Gate*) [«National Magazine», agosto 1906] e *La festa privata a Smoky Island* (*The House Party at Smoky Island*) [«Weird Tales»,[9] agosto 1935], contengono vere e proprie storie di fantasmi; l'ultimo, *Il fantasma dai Brixley* (*The Ghost at Brixley's*), pubblicato sul «Young Americans» del novembre 1904, è invece incentrato su un tema importante e purtroppo sempre attuale, il bullismo.

La traduzione è stata condotta sui testi così come sono apparsi nelle riviste d'epoca, correggendo tacitamente eventuali refusi tipografici;[10]

[9] Famosa rivista americana fondata nel 1923 e specializzata in racconti horror e fantastici, sulla quale pubblicarono gli autori più famosi del genere, da H. P. Lovecraft a R. E. Howard, da S. Quinn a R. Spencer Carr, da R. Bradbury a R. Bloch ecc.

[10] I medesimi racconti (tranne *The Ghost at Brixley's*) si possono leggere anche nella raccolta *Among the Shadows*, curata da R. Wilmshurst (McClelland & Stewart 1990).

spero che gli estimatori italiani di Montgomery possano gradire questa selezione di racconti ignoti nel nostro paese.[11]

Enrico De Luca

Ringrazio Oscar Ledonne, Giordano Milo e Miriam Chiaromonte per aver letto con attenzione le bozze.

[11] Dalle mie ricerche risulta che solo *Davenport's Story* e *The House Party at Smoky Island* siano stati tradotti in italiano; il primo da E. Papaleo, in *Sul treno Dovevuoiandaretu*, 2013 (disponibile solo in ebook), il secondo, tradotto da Frank J. Morisi, è apparso sulla rivista «Providence Tales» (2, 2018).

LUCY MAUD MONTGOMERY

LA STANZA ROSSA

E ALTRE STORIE DI FANTASMI

La Stanza Rossa

uoi che ti racconti la storia, nipote? È una di quelle tristi e da tempo dimenticate… in pochi la ricordano adesso. Ci sono sempre storie tristi e misteriose nelle vecchie famiglie come la nostra.

Tuttavia ho promesso e devo mantenere la mia parola. Quindi siediti qui ai miei piedi e appoggia la tua lucente testa sulle mie ginocchia, così che non possa vedere nei tuoi giovani occhi le ombre che la mia storia farà calare sul loro bel colore azzurro.

Ero soltanto una bambina quando accadde tutto, eppure me lo rammento anche troppo bene, e posso ricordare quanto fossi contenta quando la matrigna di mio padre, la signora Montressor – non le piaceva essere chiamata

nonna, avendo solo cinquant'anni ed essendo ancora una bella donna – scrisse a mia madre che doveva mandare la piccola Beatrice alla Residenza Montressor[1] per le vacanze di Natale. Così andai con gioia, anche se mia madre si addolorò nel separarsi da me; aveva ben poche persone da amare tranne me e mio padre, Conrad Montressor, sperduto in mare tre mesi dopo essersi sposato.

Le mie zie erano solite dirmi quanto somigliassi a lui, essendo, come dicevano, una Montressor fino al midollo; e questa cosa l'ho sempre presa come un complimento, perché i Montressor erano una famiglia con una buona discendenza e ben congeniata, e le donne erano

[1] *Montressor Place* nel testo inglese; «place» significa anche 'casa, residenza'.

famose per la loro bellezza. Questo posso benissimo ritenerlo vero, visto che tra tutte le mie zie non ce n'era una che non fosse considerata una bella donna. Perciò mi sono rincuorata nel pensare al mio viso scuro e alla sua forma affusolata, sperando che quando sarei diventata grande avrebbe potuto essere considerato non indegno della mia razza.

La Residenza era una casa misteriosa e antica, come quelle che piacciono a me, e la signora Montressor era sempre gentile nei miei confronti, anche se un po' severa, perché era una donna orgogliosa e ben poco interessata ai bambini, non avendone nessuno di suo.

Ma c'erano libri lì da leggere attentamente senza impedimenti oppure ostacoli – perché nessuno mi avrebbe interrogato sui miei

spostamenti se l'avessi tenuto nascosto – e strani, sbiaditi ritratti di famiglia sui muri da osservare, finché non conoscevo perfettamente ogni vecchio volto orgoglioso, e per ognuno di loro avevo immaginato una storia nella mia mente… perché mi era stata concessa la capacità di sognare ed ero più matura e più saggia dei miei anni, non avendo compagni d'infanzia che potessero mantenermi ancora bambina.

C'erano sempre nella Residenza alcune delle mie zie da baciare e che facevano molto per me per amore di mio padre… perché era stato il loro fratello preferito. Le mie zie – ce n'erano otto – si erano sposate tutte bene, così dicevano le persone che sapevano, e vivevano poco lontano, tornando a casa spesso per prendere il tè con la signora Montressor, che era sempre andata

d'accordo con le sue figliastre, o per aiutare a prepararsi per qualche festa o per altro... perché erano tutte notevoli governanti.

Erano tutte alla Residenza Montressor per Natale, e ho avuto più coccole di quanto meritassi, anche se si prendevano cura di me in modo più serio di quanto facesse la signora Montressor, e facevano in modo che non leggessi troppe fiabe o che stessi alzata la sera più di quanto mi concedessero i miei anni.

Tuttavia non erano le fiabe e gli zuccherini, né le coccole che mi rendevano lieta di essere nella Residenza in quel momento. Sebbene non ne parlassi a nessuno, provavo un grande desiderio di vedere la moglie di mio zio Hugh, riguardo al quale avevo sentito molto, sia nel bene che nel male.

Mio zio Hugh, sebbene fosse il più anziano della famiglia, non si era mai sposato fino ad allora, e tutta la campagna risuonava di discorsi sulla sua giovane moglie. Non ho sentito tanto quanto desideravo, perché i pettegolezzi sembravano prestare attenzione alla mia presenza quando disegnavo lì vicino e prendevano un'altra direzione. Eppure, essendo io di comprensione un po' più acuta di quanto fossero a conoscenza, ho sentito e capito non poco dei loro discorsi.

E così venni a sapere che né la signora Montressor, né le mie buone zie, né la mia dolce madre, guardavano con molto favore a quello che aveva fatto mio zio Hugh. E ho sentito che la signora Montressor aveva scelto una moglie per il figliastro, di buona famiglia e di qualche bellezza,

ma che mio zio Hugh non ne voleva sapere nulla di lei… cosa che la signora Montressor trovò difficile da perdonare, ma avrebbe potuto farlo se mio zio, nel suo ultimo viaggio per le Indie – dove si recava spesso con le sue stesse navi – non avesse sposato e portato a casa una sposa straniera, di cui nessuno sapeva nulla, se non che la sua bellezza era più splendente del giorno e che possedeva uno strano sangue forestiero diverso da quello che scorreva nelle vene blu dei Montressor.

Alcuni avevano molto da dire sul suo orgoglio e sulla sua insolenza, e si chiedevano se la signora Montressor avrebbe ceduto il suo ruolo di padrona alla sconosciuta. Ma altri, che furono irretiti dalla sua bellezza e dalla sua grazia, dissero che le storie raccontate erano nate dall'invidia e

dalla malizia, e che Alicia Montressor era ben degna del suo nome e della sua posizione.

Così rimasi bloccata tra due opinioni e pensai di giudicare da sola, ma quando andai alla Residenza mio zio Hugh e la sua sposa se n'erano andati via per un po', e dovetti persino inghiottire la mia delusione e attendere il loro ritorno con tutta la mia piccola dose di pazienza.

Comunque sia le mie zie e la loro matrigna parlavano molto di Alicia, e facevano menzione con leggerezza di lei, dicendo che era solo una donna frivola e che non ne sarebbe venuto nulla di buono a mio zio Hugh che l'aveva sposata, e altre cose della stessa natura. Inoltre parlarono della compagnia che si è riunita intorno a lei, ritenendo che avesse compagni strani e inopportuni per una Montressor. Tutto ciò lo sentivo e vi

meditavo molto su, anche se le mie buone zie supponevano che una simile marmocchia[2] non prestasse attenzione ai loro bisbigli.

Quando non ero con loro, aiutavo a preparare i dolcetti di uova e uvetta e, visto che non ne mangiavo più di uno su cinque, certamente mi ritrovavo nel corridoio dell'ala, scrutando il mio libro e piangendo perché non mi era stato più permesso di entrare nella Stanza Rossa.

Il corridoio dell'ala era stretto e buio, collegava le stanze principali della Residenza con un'ala più vecchia, costruita in modo curioso. La sala era illuminata da piccole finestre quadrate e alla fine una piccola scalinata conduceva alla Stanza Rossa.

---

[2] *chit* nel testo inglese.

Ogni volta che ero stata alla Residenza prima
– e questo avveniva spesso – avevo passato molto
del mio tempo in questa Stanza Rossa. Era il salotto della signora Montressor, quindi dove scriveva le sue lettere ed esaminava i conti della famiglia, e talvolta c'era qualche vecchio pettegolezzo
durante il tè. La stanza era bassa e scura, tappez-
zata di damasco rosso e con finestre squadrate in
alto sotto la grondaia con uno scuro rivestimento
in legno tutt'intorno. E lì mi piaceva sedere tranquillamente sul divano rosso e leggere le mie
fiabe, oppure parlare sognante alle rondini che
svolazzavano all'impazzata contro i piccoli vetri
delle finestre.

Quando quel Natale mi recai alla Residenza,
ripensai subito alla Stanza Rossa... perché mi
piaceva molto. Ma non avevo neppure salito i

gradini che la signora Montressor arrivò in fretta in corridoio e, afferrandomi per un braccio, mi tirò indietro come se la camera verso la quale mi stavo avventurando fosse quella di Barbablù.[3]

Poi, vedendo il mio viso, che dubito non avesse un'espressione abbastanza sorpresa, sembrò pentirsi della sua furia e mi diede una leggera pacca sulla testa.

«Su, su, piccola Beatrice! Ti ho spaventato, bambina? Perdona l'insensibilità di una vecchia, ma non essere troppo pronta ad andare dove non sei stata invitata, e non avventurarti mai nella Stanza Rossa ora, perché appartiene alla moglie di tuo zio Hugh, e lascia che ti dica che non ama molto gli intrusi.»

---

[3] *Barbablù* è la fiaba trascritta da Charles Perrault nel XVII secolo.

Mi dispiacque davvero tanto sentire ciò, né potevo capire perché la mia nuova zia avrebbe dovuto preoccuparsi se andavo di tanto in tanto, come era mia abitudine, a parlare con le rondini senza lasciare nulla in giro. Ma la signora Montressor fece in modo che le obbedissi, e non andai più nella Stanza Rossa, ma mi tenni occupata in altre cose.

Perché c'erano grandi cose in quel luogo e molto andirivieni. Le mie zie non sono mai state oziose; ci doveva essere molta allegria natalizia e una festa da ballo la vigilia di Natale. E le mie zie mi avevano promesso – anche se non prima di averle fiaccate con la mia persuasione – che potevo stare sveglia quella notte e vedere tanta allegria quanta fosse bene per me vedere. Così feci le loro commissioni e andai presto a letto tutte le

sere senza lamentarmi… anche se lo facevo più prontamente per questo motivo: quando mi sapevano addormentata, sarebbero entrate e avrebbero parlato intorno al fuoco della mia camera da letto, dicendo cose su Alicia che io non avrei dovuto sentire.

Alla fine arrivò il giorno in cui mio zio Hugh e sua moglie erano attesi a casa – proprio quando la mia scarsa pazienza si stava quasi esaurendo – e fummo tutti riuniti per incontrarli nella grande sala, dove brillava la luce rossastra del fuoco.

Mia zia Frances mi aveva vestito con il mio migliore abito bianco e con la cintura cremisi, con molte lamentele in merito al mio collo e braccia magri, e mi aveva ordinato di comportarmi in modo grazioso, come si confaceva alla mia età. Così scivolai in un angolo, con le mani e i piedi

freddi per l'eccitazione, perché penso che ogni goccia di sangue nel mio corpo mi fosse passata alla testa, e il mio cuore batteva così forte che mi faceva persino male.

Poi la porta si aprì e Alicia – perché così ero abituata a sentirla chiamare, né mai pensavo a lei come a mia zia nella mia mente – entrò, e poco dopo di lei il mio alto e scuro zio.

Andò orgogliosamente verso il fuoco e rimase lì in piedi con superbia mentre allentava il suo mantello, né mi notò per niente in un primo momento, ma annuì, un po' sdegnosamente, a quanto sembrava, alla signora Montressor e alle mie zie, che erano raggruppate vicino alla porta del salotto, in maniera molto signorile e silenziosa.

Ma non ho visto né sentito nulla in quel momento, tranne lei, perché la sua bellezza, quando venne fuori dal mantello e dal cappuccio cremisi, era qualcosa di così meraviglioso che dimenticai le mie buone maniere e la fissai come una persona affascinata… come davvero ero, perché non avevo mai visto né mai sognato una tale bellezza.

Donne graziose ne avevo viste in abbondanza, perché le mie zie e mia madre erano considerate onestamente tali, ma la moglie di mio zio era così poco simile a loro come un bagliore del tramonto al pallido chiaro di luna o come una rosa cremisi ai bianchi gigli giornalieri.[4]

---

[4] *day-lilies* nel testo inglese; perché i fiori di questi gigli sbocciano la mattina e durano un solo giorno.

Né posso descrivertela a parole come la vedevo allora, con le lunghe lingue di fuoco che lambivano il suo bianco collo e ondeggiavano sulle ricche masse dei suoi capelli rosso-oro.

Era alta… così alta che le mie zie sembravano insignificanti accanto a lei, e non erano di altezza modesta, come tutta la loro razza; eppure nessuna regina avrebbe potuto muoversi più regalmente, e tutta la passione e il fuoco della sua natura straniera bruciavano nei suoi splendidi occhi, che sarebbero potuti essere scuri o chiari per quanto mai potrei dire, ma che sembravano sempre come pozze di calda fiamma, ora tenera, ora feroce.

La sua pelle era come un delicato petalo di rosa bianca, e quando parlava dicevo a me stessa stupita che non avevo mai ascoltato della musica

prima di allora; né ho mai più pensato di sentire una voce così dolce, così fluida, come quella che si increspava sulle sue labbra mature.

Nella mia mente avevo spesso immaginato il mio primo incontro con Alicia, ora in un modo ora in un altro, ma non avevo mai sognato che lei mi rivolgesse la parola, quindi fu per me una grande sorpresa quando si voltò e, tendendo le sue belle mani, disse molto graziosamente:

«E questa è la piccola Beatrice? Ho sentito molto parlare di te… vieni, baciami, bambina.»

E andai, nonostante il cipiglio nero di mia zia Elizabeth, perché il fascino della sua amabilità mi conquistò, e non mi chiedevo più il motivo per il quale mio zio Hugh avrebbe dovuto amarla.

Molto orgoglioso di lei era anche lui; eppure sentivo, piuttosto che vedere – perché ero

sensibile e abile a percepire, come lo sono sempre i bambini più piccoli – che c'era qualcosa di diverso dall'orgoglio e dall'amore sul suo volto quando la guardava e qualcosa di più nei suoi modi che in quelli dell'amante appassionato... per così dire, una sorta di sfiducia in agguato.

Né potevo pensare, sebbene a me il pensiero sembrasse un tradimento, che lei amasse troppo suo marito, perché sembrava metà condiscendente e metà sdegnosa nei suoi confronti; tuttavia non si pensava a questo in sua presenza, ma lo si ricordava solo nel momento in cui andava via.

Quando uscì, mi sembrò che non fosse rimasto nulla, quindi strisciai lentamente verso il corridoio dell'ala e mi sedetti vicino a una finestra per fantasticare su di lei; e riempii così intensamente i miei pensieri che non fu una sorpresa

quando alzai gli occhi e la vidi scendere dal corridoio da sola, con la sua brillante testa che luccicava contro le vecchie mura scure.

Quando si fermò vicino a me e mi chiese con delicatezza cosa stessi sognando, dal momento che avevo un viso così serio, le risposi che in verità stavo pensando a lei… e rise, come una non molto contenta, e disse in modo per metà canzonatorio:

«Non sprecare i tuoi pensieri, piccola Beatrice, ma vieni con me, piccola, se vuoi, perché mi ha preso uno strano desiderio dei tuoi occhi solenni. Forse il calore della tua giovane vita potrebbe scongelare il ghiaccio che si è condensato intorno al mio cuore da quando sono venuta tra questi gelidi Montressor.»

E sebbene non comprendessi il significato delle sue parole, andai, felice di rivedere la Stanza Rossa ancora una volta. Così mi fece sedere e parlare con lei, cosa che ho fatto, perché la timidezza non è mai stata un mio difetto; e lei mi ha fatto molte domande, e alcune ho pensato che non avrebbe dovuto farle, ma alle quali non potevo non rispondere, perché sarebbe stato un po' scortese.

Dopo di allora passai una parte di ogni giorno nella Stanza Rossa insieme a lei. E mio zio Hugh era spesso lì, e la baciava e lodava la sua bellezza, non badando alla mia presenza... perché ero solo una bambina.

Eppure mi è sempre sembrato che lei sopportasse piuttosto che accogliesse le sue carezze, e a volte la fiamma sempre ardente nei suoi occhi

brillava così intensamente che un brivido di terrore mi s'insinuava, e ricordavo quello che aveva detto mia zia Elizabeth, cioè che lei era una donna dalla lingua tagliente, anche se gentile di cuore… e ancora che quella strana creatura avrebbe portato a tutti noi qualche brutta fortuna.

Allora mi sforzai di allontanare questi pensieri e mi rimproverai per aver dubitato di una persona tanto gentile nei miei riguardi.

Mentre la vigilia di Natale si avvicinava, la mia testa pazzerella era piena del ballo giorno e notte. Ma una grave delusione mi colpì, perché quel giorno mi svegliai molto malata e tremendamente raffreddata; e benché lo nascondessi con coraggio, le mie zie lo scoprirono presto, quando, nonostante le mie pietose suppliche, fui

messa a letto, dove piansi amaramente e senza alcun conforto. Perché pensavo che non avrei potuto vedere la gente elegante e, più di tutti, Alicia.

Ma quella delusione, almeno, mi è stata risparmiata, perché di notte entrò nella mia stanza, sapendo del mio desiderio… era sempre indulgente verso i miei piccoli desideri. E quando la vidi dimenticai le mie membra doloranti e gli occhi ardenti, e persino il ballo che non potevo vedere, perché non esisteva una creatura mortale tanto adorabile quanto lei, in piedi lì vicino al mio letto.

La sua veste era bianca, e non c'era nulla con cui potessi paragonarla eccetto il chiaro di luna che cadeva su una lastra di vetro smerigliato, e fuori dalla veste gonfiò il suo petto e le sue braccia erano scintillanti, così nude che mi sembrò un

peccato guardarle. Eppure non si poteva negare che fossero di una bellezza meravigliosa, bianche come marmo levigato.

E tutto intorno al suo niveo collo e alle sue braccia tondeggianti, e tra le masse dei suoi splendidi capelli, c'erano pietre rilucenti e scintillanti, con cuori di pura luce, che ora so essere diamanti, ma allora non lo sapevo, perché non avevo mai visto qualcosa di simile.

E la guardai, abbeverandomi della sua bellezza finché la mia anima non fu colma, mentre lei si ergeva come una dea davanti alla sua adoratrice. Penso che abbia letto il mio pensiero sul mio viso e le sia piaciuto… perché era una donna vanitosa, e anche l'ammirazione di una bambina può essere qualcosa di piacevole.

Poi si chinò su di me fino a che i suoi splendidi occhi guardarono dritti nei miei abbagliati.

«Dimmi, piccola Beatrice – dal momento che si dice che la parola di un bambino dev'essere ritenuta vera – dimmi, mi reputi bella?»

Ritrovai la mia voce e le dissi sinceramente che la consideravo bellissima oltre i miei angelici sogni… come in effetti lei era. Perciò sorrise come se fosse molto contenta.

Poi entrò mio zio Hugh, e sebbene pensassi che il suo viso si oscurasse mentre guardava il nudo splendore del suo seno e delle sue braccia, come se non gli piacesse che gli occhi degli altri uomini ne fossero contenti, tuttavia la baciò con tutto l'amorevole orgoglio di un amante, mentre lei lo guardava in modo beffardo.

Poi disse: «Dolcezza, mi concedi un favore?»

E lei rispose: «Può essere che lo farò.»

E lui disse: «Non ballare con quell'uomo stasera, Alicia. Non mi fido molto di lui.»

Nella sua voce si percepiva più il comando di un marito che la richiesta di un amante. Lo guardò con un certo disprezzo, ma quando vide il suo viso diventare scuro – perché i Montressor non ammettevano il minimo disprezzo della loro autorità, come avevo buone ragioni di sapere – sembrò cambiare, e un sorriso le spuntò sulle labbra, anche se i suoi occhi brillavano malefici.

Poi gli cinse le braccia al collo e – anche se mi sembrò che lo avesse appena strangolato per come lo abbracciò – la sua voce era meravigliosa e carezzevole mentre mormorava nel suo orecchio.

Egli rise e la sua fronte si schiarì, anche se disse con severità: «Non tentarmi troppo, Alicia.»

Poi uscirono, lei un po' in anticipo e in maniera molto maestosa.

In seguito giunsero anche le mie zie, vestite in modo davvero elegante e decoroso, ma non mi sembravano nulla di che dopo Alicia. Perché rimasi invischiata nella trappola della sua bellezza, e il desiderio di rivederla aumentava così tanto che dopo un po' feci una cosa indomita e disobbediente.

Ero stata rigidamente obbligata a rimanere a letto, cosa che non ho fatto, ma mi sono alzata e ho indossato un abito. Perché pensavo di andare giù silenziosamente, affinché potessi per caso rivedere Alicia, senza esser vista.

Ma quando raggiunsi la grande sala sentii dei passi avvicinarsi e, avendo la coscienza sporca, mi infilai nel salotto azzurro e mi nascosi dietro le tende perché le mie zie non mi potessero vedere.

Poi entrò Alicia e con lei un uomo che non avevo mai visto prima. Eppure mi sono subito figurata un sottile serpente nero, con uno sguardo luccicante e malvagio, che avevo visto agonizzare due estati fa nel giardino della signora Montressor, e che sembrava come se mi volesse mordere. John, il giardiniere, l'aveva ucciso, e pensavo che se avesse avuto un'anima, doveva essere entrata in quell'uomo.

Alicia si sedette e lui accanto a lei, e quando le mise le braccia attorno, le baciò il viso e le labbra. Né lei si ritrasse dal suo abbraccio, ma sorrise e si avvicinò a lui con un piccolo movimento fluido,

mentre si scambiavano parole in una strana lingua straniera.

Ero solo una bambina ed ero innocente, non sapevo nulla di onore e disonore. Eppure mi sembrava che nessun uomo avrebbe dovuto baciarla, tranne mio zio Hugh, e da quel momento avevo diffidato di Alicia, anche se non avevo capito cosa avrei fatto dopo.

E mentre li guardavo – non pensavo di fare la parte della spia – vidi il suo viso farsi improvvisamente freddo, si raddrizzò e spinse via le braccia del suo amante.

Poi seguii i suoi occhi colpevoli verso la porta, dove si trovava mio zio Hugh, e tutto l'orgoglio e la passione dei Montressor apparvero sulla parte bassa della sua fronte. Eppure si fece

avanti silenziosamente mentre Alicia e il serpente si separavano e si alzavano.

All'inizio non guardò sua moglie colpevole ma il suo amante, e lo colpì pesantemente in faccia. E allora lui, essendo un vigliacco, come tutti i malvagi, diventò pallido e lasciò la stanza con un giuramento mormorato, e non fu trattenuto.

Mio zio si rivolse ad Alicia, e con molta calma e in maniera terribile disse: «D'ora in poi non sarai più mia moglie!»

E c'era qualcosa nel suo tono che diceva che il suo perdono e il suo amore non sarebbero mai più stati di lei.

Poi la fece uscire e lei andò via, come una regina orgogliosa, con la testa gloriosa eretta e senza vergogna sulla sua fronte.

Quanto a me, quando se ne furono andati, strisciai via, stordita e abbastanza disorientata, e tornai nel mio letto, avendo visto e sentito più di quanto pensassi, come fanno sempre le persone disobbedienti e i ficcanaso.

Tuttavia mio zio Hugh mantenne la sua parola, e Alicia non era più una moglie per lui, tranne che di nome. Eppure pettegolezzi o scandali non ce furono, perché l'orgoglio della sua razza teneva segreto il disonore, ed egli non sembrava altro che un marito cortese e rispettoso.

Né la signora Montressor e le mie zie, anche se si meravigliavano molto tra loro, riuscirono a sapere qualcosa, perché non osavano interrogare né il loro fratello né Alicia, che si comportava sempre con superiorità e sembrava non accontentarsi né di un amante né di un marito. Per

quanto mi riguarda, nessuno ha mai immaginato che io sapessi, e ho tenuto per me il mio parere su ciò che avevo visto nel salotto azzurro la notte del ballo di Natale.

Dopo Capodanno ritornai a casa, ma non trascorse molto che la signora Montressor mi mandasse di nuovo a chiamare, dicendo che la casa era solitaria senza la piccola Beatrice. Così andai di nuovo e trovai tutto invariato, anche se la Residenza era molto tranquilla, e Alicia usciva raramente dalla Stanza Rossa.

Mio zio Hugh lo vedevo poco, tranne quando andava a fare affari, più o meno gravemente e silenziosamente rispetto al passato, o mi portava dalla città libri e dolciumi.

Ma ogni giorno mi trovavo insieme ad Alicia nella Stanza Rossa, dove lei mi parlava, spesso

selvaggiamente e stranamente, ma sempre in maniera gentile. E anche se penso che la signora Montressor gradisse molto poco la nostra intimità, non disse nulla, e io andavo e venivo come ho detto da Alicia, anche se non mi sono mai piaciute le sue strane maniere e il fuoco inquieto nei suoi occhi.

Né l'avrei mai baciata, dopo aver visto le sue labbra premute dal serpente, anche se a volte mi persuadeva e diventava irritata e contrariata quando non volevo farlo; ma non intuì la mia ragione.

Quell'anno il mese di marzo giunse come un leone, estremamente affamato e feroce, e mio zio Hugh era corso via attraverso la tempesta, né pensò di tornare per alcuni giorni.

Nel pomeriggio ero seduta nel corridoio dell'ala, sognando cose meravigliose a occhi aperti, quando Alicia mi chiamò nella Stanza Rossa. E mentre andavo, mi meravigliavo di nuovo della sua bellezza, perché il sangue le giungeva in faccia e i suoi gioielli erano fiochi a confronto della lucentezza dei suoi occhi. La sua mano, quando prese la mia, era rovente, e la sua voce aveva uno strano tono.

«Vieni, piccola Beatrice» disse, «vieni a parlare con me, perché oggi non so cosa fare con il mio io solitario. Il tempo pende pesantemente in questa tetra casa. Credo in tutta sincerità che questa Stanza Rossa abbia un'influenza malvagia su di me. Vediamo se il tuo cinguettio infantile può scacciare gli spettri che s'insinuano in questi angoli bui e antichi... spettri di una vita rovinata

e piena di vergogna! No, non sono folle… parlo in maniera folle? Voglio dire, non tutto quello che dico… il mio cervello sembra in fiamme, piccola Beatrice, vieni, potrebbe darsi che tu conosca qualche vecchia leggenda su questa stanza… deve sicuramente essercene una. Non c'è mai stato un luogo adatto a un atto oscuro come questo! Suvvia! Non essere così spaventata, bimba… dimentica le mie stravaganze. Ora raccontami, e io ascolterò.»

E allora si sedette accasciata sul divano di satin e si voltò verso di me con il suo viso adorabile. Così raccolsi il mio piccolo ingegno e le raccontai quello che non pensavo di sapere… in che modo, alcune generazioni fa, un Montressor aveva disonorato se stesso e il suo nome, e che, quando tornò a casa da sua madre, lei lo incontrò

in quella stessa Stanza Rossa e gli lanciò insulti e rimproveri, dimenticando il seno al quale lo aveva nutrito; e che lui, tormentato dalla vergogna e dalla disperazione, rivolse la sua spada contro il proprio cuore e così morì. Ma sua madre impazzì per il rimorso e fu tenuta prigioniera nella Stanza Rossa fino alla morte.

Così raccontai in maniera zoppicante la storia, come avevo sentito raccontarla a mia zia Elizabeth quando sapeva che non ascoltavo o non capivo. Alicia mi ascoltò e non disse nulla, tranne che si trattava di una storia degna dei Montressor. Di ciò rimasi male, perché anch'io ero una Montressor, e ne ero orgogliosa.

Ma lei mi prese dolcemente la mano e disse: «Piccola Beatrice, se domani o dopodomani dovessero dirti, quelle fredde, orgogliose donne,

che Alicia non era degna del vostro affetto, dimmi, crederesti loro?»

E io, ricordando ciò che avevo visto nel salotto azzurro, tacqui… perché non potevo mentire. Allora lei allontanò la mia mano con una risata amara, e prese delicatamente dal tavolo un piccolo pugnale con un'elsa ingioiellata.

Mi sembrò un giocattolo dall'aspetto crudele e lo dissi… mentre lei sorrideva e passava le sue dita bianche lungo la lama sottile e lucente in un modo che mi fece rabbrividire.

«Un piccolo colpo con questo» disse, «un piccolo colpo… e il cuore non batte più, il cervello stanco riposa, le labbra e gli occhi non sorridono mai più! Sarebbe un breve cammino per venir fuori da tutte le difficoltà, Beatrice mia.»

E io, non comprendendola, eppure rabbrividendo, la supplicai di metterlo da parte, cosa che fece con noncuranza e, mettendo una mano sotto al mio mento, alzò il mio viso verso il suo.

«Piccola Beatrice, dagli occhi scuri, dimmi la verità, ti dispiacerebbe molto se non dovessi mai più sedere qui con Alicia in questa stessa Stanza Rossa?»

E io risposi sinceramente che mi sarebbe dispiaciuto, felice di aver potuto dire così tanta verità. Poi il suo viso divenne tenero e sospirò profondamente.

In quel momento aprì una scatola intarsiata e ne estrasse una lucente catena d'oro di rara fattura e di squisita foggia, e me la appese al collo, non mi avrebbe dato fastidio ringraziarla, ma mi posò delicatamente la mano sulle labbra.

«Adesso vai», disse lei. «Ma prima di lasciarmi, piccola Beatrice, concedimi solo un favore... potrebbe essere che non lo chiederò mai a nessun altro di voi. La tua gente, lo so – quegli algidi Montressor – si preoccupano poco di me, ma malgrado tutte le mie colpe sono sempre stata gentile con te. Quindi, quando verrà un giorno, e ti diranno che Alicia è peggiore della morte, non pensarmi solo con disprezzo, ma concedimi un po' di pietà... perché non sono stata sempre quella che sono adesso, e forse non lo sarei mai diventata se avessi avuto un bambino piccolo come te che mi avrebbe sempre amato, e mi avrebbe mantenuta pura e innocente. E vorrei che tu almeno una volta mi avessi gettato le braccia al collo e mi avessi baciata.»

E così feci, interrogandomi molto in merito ai suoi modi… perché contenevano una strana tenerezza e una sorta di desiderio disperato. Poi gentilmente mi portò fuori dalla stanza, e me ne stetti seduta a meditare vicino alla finestra del salone finché la notte non fu scesa cupamente… e fu una notte terrificante, tempestosa e oscura. E pensai quanto fosse bello che mio zio Hugh non era di ritorno con una simile tempesta. Eppure, prima che il pensiero si fosse raffreddato, la porta si aprì ed egli si avviò a grandi passi lungo il corridoio, con il mantello fradicio e spiegazzato dal vento, con in una mano una frusta, come se fosse saltato da cavallo, nell'altra quella che sembrava una lettera accartocciata.

Né la notte era più nera della sua faccia, e non mi diede retta mentre lo inseguivo, pensando

egoisticamente ai dolciumi che aveva promesso di portarmi… ma non pensai più a essi quando raggiunsi la porta della Stanza Rossa.

Alicia era in piedi accanto al tavolo, incappucciata e ammantata come per un viaggio, ma il suo cappuccio era scivolato all'indietro, e il suo viso si sollevò bianco come il marmo, salvo nel punto in cui i suoi occhi adirati ardevano, con terrore e senso di colpa e odio profondo, mentre lei aveva un braccio alzato come per respingerlo indietro.

Quanto a mio zio, era in piedi davanti a lei e non vedevo la sua faccia, ma la sua voce era bassa e terribile, pronunciava parole che allora non capii, anche se molto tempo dopo compresi il loro significato.

E le lanciò un disprezzo disgustoso mentre le diceva che avrebbe dovuto pensare di fuggire

con il suo amante, e giurò che nulla avrebbe dovuto ancora contrastare la sua vendetta, con altre minacce, abbastanza selvagge e spaventose.

Eppure lei non disse una parola finché lui non ebbe finito, e poi parlò, ma quello che disse non lo so, salvo che era pieno di odio e di sfida e di accuse selvagge, come le avrebbe potute pronunciare una donna pazza.

E lo sfidò anche allora a fermare la sua fuga, anche se le disse che attraversare quella soglia avrebbe significato la sua morte; poiché era un uomo offeso e disperato e non pensava a nulla se non al proprio disonore.

Poi fece come per superarlo, ma lui la prese per il polso bianco; lei si girò su di lui con furia, e vidi la sua mano destra allungarsi di soppiatto sopra il tavolo dietro di lei, dove giaceva il pugnale.

«Lasciami andare!» sibilò.

E lui disse: «Non lo farò.»

Poi si girò e lo colpì con il pugnale… e non vidi mai una faccia come quella di lei in quel momento.

Cadde pesantemente, eppure la tenne anche nella morte, così che dovette liberarsi da sola, con uno strillo che risuona ancora nelle mie orecchie in una notte in cui il vento vaga sulle brughiere piovose. Mi raggiunse in fretta e furia, e fuggì lungo il corridoio come una creatura braccata, e sentii la pesante porta d'ingresso che si chiudeva alle sue spalle.

Quanto a me, stavo lì a guardare il morto, perché non potevo né muovermi né parlare ed ero come morta di terrore. E da quel momento persi la memoria e non ricordai più nulla, e non

tornai al mio ricordo per molti giorni, quando ero coricata, malata di febbre e più morta che viva.

Così, quando alla fine uscii dall'ombra della morte, mio zio Hugh era stato a lungo freddo nella sua tomba, e il clamore e il pianto per la sua colpevole moglie erano quasi giunti al termine, dal momento che nulla era stato visto o sentito su lei se non che era fuggita dal paese con il suo amante straniero.

Quando ritornai correttamente al mio ricordo, mi interrogarono su ciò che avevo visto e sentito nella Stanza Rossa. E raccontai loro come meglio potevo la storia, anche se ero molto addolorata per le mie domande che non avrebbero ricevuto nessuna risposta, salvo

quella di restare tranquilla e di non pensare alla questione.

Poi mia madre, profondamente irritata per le mie avventure – che in verità non erano adatte a una bambina – mi riportò a casa. Né mi permise di tenere la catenina di Alicia, ma la diede via, ma a me non importava e non ne ero interessata, perché trovavo ripugnante la sua vista.

Passarono molti anni prima che andassi di nuovo alla Residenza Montressor, e non vidi mai più la Stanza Rossa, perché la signora Montressor aveva fatto abbattere l'antica ala, ritenendo abbastanza dolorosa l'oscura eredità per il prossimo erede Montressor.

Allora, nipote, la triste storia è finita, e non vedrai la Stanza Rossa quando andrai il mese

prossimo alla Residenza Montressor. Le rondini si costruiscono il nido ancora sotto la grondaia, ma… non so se capirai il loro linguaggio come facevo io.

L'amante di Miriam

TELEGRAMMA
N. 101
siamo spiacenti di
comunicarvi che il signor
sidney smith è deceduto

tavo leggendo una storia di fantasmi alla signora Sefton, e alla fine la posai con una scrollatina di spalle in segno di disprezzo.

«Che totale assurdità!» dissi.

La signora Sefton annuì distrattamente mentre fantasticava.

«Lo è. È una storia molto comune in effetti. Non credo che gli spiriti dei defunti siano in grado di rivisitare i barlumi della luna con lo scopo di spaventare gli onesti mortali… o anche per il gusto di aggirarsi nei luoghi prediletti della loro esistenza da vivi. Se mai dovessero apparire, sarebbe per una ragione migliore di quella.»

«Non penserete che possano davvero apparire, vero?» dissi con incredulità.

«Non abbiamo prove che non lo possano fare, mia cara.»

«Sicuramente, Mary» proclamai, «non intendete dire che credete che le persone diventino o possano vedere spiriti… fantasmi, come si dice?»

«Non ho detto di crederci. Non ho mai visto nulla del genere. Né credo né non credo. Ma sapete che a volte accadono cose strane… cose che non si possono spiegare. Almeno, persone che conoscete non mentirebbero nel dire così. Certo, potrebbero sbagliarsi. E non credo che tutti riescano a vedere gli spiriti, ammesso che essi possano essere visti. Questa cosa richiede persone dotate di alcune peculiarità… con un

occhio spirituale, per così dire. Non tutti lo possediamo … anzi, penso che ce l'abbiano pochissimi. Oserei dire che pensate che io stia dicendo sciocchezze.»

«Beh, sì, penso di sì. Mi sorprendete davvero, Mary. Ho sempre pensato che foste la persona meno probabile al mondo che si occupasse di queste credenze. Qualcosa deve celarsi sotto la vostra osservazione che abbia fatto sorgere tali teorie nella vostra mente pratica. Ditemi cosa è stato.»

«A quale scopo? Rimarreste scettica come lo siete sempre stata.»

«Forse no. Fatemi provare; forse potrei convincermi.»

«No», rispose la signora Sefton con calma. «Nessuno si è mai convinto per sentito dire.

Quando una persona ha visto una volta uno spirito – o pensa di averlo visto – in quel momento ci crede. E quando qualcun altro è intimamente associato a quella persona e conosce tutte le circostanze… beh, almeno ne ammette la possibilità. Questa è la mia posizione. Ma quando arriva la terza persona – l'estraneo – perde potere. Inoltre, in questo particolare caso la storia non è molto eccitante. Tuttavia… è vera.»

«Avete suscitato la mia curiosità. Dovete raccontarmi la storia.»

«Beh, innanzi tutto ditemi cosa pensate di questo. Supponete che due persone, entrambe sensibilmente determinate a stare da sole, si amassero con un amore più forte della vita. Se fossero distanti, pensate che potrebbe essere possibile per le loro anime comunicare in

qualche modo inspiegabile? E se succedesse qualcosa a una, non pensate che l'altra potrebbe e vorrebbe lasciare che lo spirito dell'altra lo venga a sapere?»

«State entrando in acque troppo profonde per me, Mary» dissi, scuotendo la testa. «Non sono un'autorità sulla telepatia, o come la chiamate voi. Tuttavia non credo in teorie del genere. Anzi, penso che siano tutte sciocchezze. Sono sicura che lo penserete anche voi nei vostri momenti razionali.»

«Oserei dire che sono tutte sciocchezze» disse lentamente la signora Sefton, «ma se aveste vissuto un anno intero nella stessa casa con Miriam Gordon, anche voi ne sareste stata influenzata. Non che lei avesse "teorie"... almeno, non ha mai dato a vedere di averle. Ma

c'era semplicemente qualcosa nella ragazza stessa che dava l'impressione che fosse una persona strana. Quando la incontrai per la prima volta, provai la sensazione più misteriosa che fosse tutta spirito – anima – quello che volete! Niente carne, comunque. Quella sensazione svanì dopo poco, ma non mi sembrò mai come le altre persone.

«Era la nipote del signor Sefton. Suo padre era morto quando era piccola. Quando Miriam aveva vent'anni, sua madre si sposò una seconda volta e andò in Europa con suo marito. Miriam venne a vivere con noi mentre erano lontani. Al loro ritorno lei stessa era sposata.

«Non avevo mai visto prima Miriam. Il suo arrivo fu inaspettato, e quando arrivò ero fuori casa. Ritornai la sera, e quando la vidi per la

prima volta era in piedi sotto il lampadario nel salotto. A proposito di spiriti! Per cinque secondi ho pensato di averne visto uno.

«Miriam era una bellezza. Lo sapevo già prima, anche se penso che non mi sarei mai aspettata di vedere una bellezza così meravigliosa. Era alta ed estremamente aggraziata, scura… almeno i suoi capelli erano scuri, ma la sua pelle era splendidamente bella e chiara. I suoi capelli erano raccolti lontano dal suo viso, e aveva una fronte alta, pura, bianca, e le più dritte, più sottili, più nere sopracciglia. Il suo viso era ovale, con occhi molto grandi e scuri.

«Presto mi resi conto che Miriam era in qualche modo misterioso diversa dalle altre persone. Penso che tutti quelli che l'hanno incontrata abbiano provato la stessa sensazione. Tuttavia è un

sentimento difficile da definire. Da parte mia semplicemente sentivo come se appartenesse a un altro mondo, e in quel momento lei – la sua anima, sapete – era di nuovo lì.

«Non dovete immaginare che Miriam fosse una persona sgradevole da avere in casa. Al contrario, era proprio l'opposto. Piaceva a tutti. Era una delle ragazze più dolci e più belle che abbia mai conosciuto, e presto sono arrivata ad amarla teneramente. Per quanto riguarda ciò che Dick chiamava le sue "piccole stramberie"… beh, ci siamo abituati a esse per tempo.

«Miriam era fidanzata, come vi ho detto, con un giovanotto di Harvard di nome Sidney Claxton. Sapevo che lo amava molto profondamente. Quando mi mostrò la sua fotografia, mi piacque il suo aspetto e lo dissi. Poi feci qualche

commento scherzoso sulle sue lettere d'amore... solo per scherzo, sapete. Miriam mi guardò con un sorrisetto strano e disse velocemente:

«"Sidney e io non ci scriviamo mai."

«"Come, Miriam!" esclamai stupita: "Intendi dirmi che non hai mai saputo nulla da lui?"

«"No, non l'ho detto. Ho notizie da lui ogni giorno... ogni ora. Non abbiamo bisogno di scrivere lettere. Ci sono mezzi migliori di comunicazione tra due anime che sono in perfetto accordo l'una con l'altra."

«"Miriam, misteriosa creatura, cosa intendi dire?" chiesi.

«Ma Miriam fece solo un altro strano sorriso e non diede alcuna risposta. A prescindere

dalle sue convinzioni o teorie, non le avrebbe
mai discusse.

«Aveva l'abitudine di immergersi in astratte
fantasticherie in qualsiasi momento o luogo.
Non importava dove fosse, ciò, qualunque cosa
fosse, sarebbe giunto su di lei. Si sedeva lì, forse
nel mezzo di una folla allegra, e guardava fissa
nel nulla, senza sentire o vedere una singola
cosa che le accadeva intorno.

«Ricordo un giorno in particolare; stavamo
cucendo nella mia stanza. Alzai gli occhi e vidi
che il lavoro di Miriam era caduto su un suo ginocchio e che lei si era sporta in avanti, con le
labbra aperte, gli occhi fissi verso l'alto con
un'espressione ultraterrena.

«"Non fare così, Miriam!" dissi, con un piccolo brivido. "Sembra che tu stia guardando qualcosa a migliaia di miglia di distanza!"

«Miriam uscì dalla sua trance o fantasticheria e disse, con una risatina:

«"Come lo sai che lo ero?"

«Piegò la testa per un minuto o due. Poi la sollevò di nuovo e mi guardò con un'improvvisa contrazione delle sopracciglia che denotava irritazione.

«"Vorrei che tu non mi avessi parlato proprio in quel momento" disse lei, "hai interrotto il messaggio che stavo ricevendo. Non lo capirò più adesso."

«"Miriam" implorai, "vorrei tanto, mia cara ragazza, che tu non parlassi così. Perché la gente

pensa che ci sia qualcosa di strano in te. Chi ti ha mandato un messaggio, come lo chiami?”

«“Sidney” disse semplicemente Miriam.

«“Che assurdità!”

«“Pensi che sia un'assurdità perché non lo capisci” fu la sua calma risposta.

«Ricordo che accadde un altro evento quando qualche visitatore passò a trovarci e fummo trasportati in una discussione sui fantasmi e cose del genere… e senza dubbio tutti parlammo di talune deliziose assurdità. Miriam non disse nulla al momento, ma quando fummo sole le chiesi cosa ne pensava.

«“Pensavo che stavate parlando semplicemente per passare il tempo” ribatté lei evasivamente.

«"Ma, Miriam, pensi davvero che sia possibile per i fantasmi..."

«"Detesto quella parola!"

«"Beh, allora per gli spiriti… ritornare dopo la morte, o apparire a qualcuno al di fuori della carne?"

«"Ti dirò quello che so. Se qualcosa dovesse accadere a Sidney – se dovesse morire o essere ucciso – verrebbe da me e me lo direbbe."

«Un giorno Miriam scese a pranzo con aria pallida e preoccupata. Dopo che Dick uscì, le chiesi se qualcosa non andava.

«"È successo qualcosa a Sidney" rispose, "un grave incidente… non so cosa."

«"Come lo sai?" esclamai. Allora, mentre mi guardava stranamente, aggiunsi in fretta: "Non hai ricevuto messaggi ultraterreni, vero? Miriam,

non sei così sciocca da credere davvero in queste cose!"

«"Lo so" rispose velocemente. "Credere o non credere non ha nulla a che fare con ciò. Sì, ho ricevuto un messaggio. So che un incidente è accaduto a Sidney… grave e scomodo ma non particolarmente pericoloso. Non so cosa sia. Sidney me lo scriverà. Scrive quando è assolutamente necessario."

«"La comunicazione aerea non è ancora perfezionata allora?" dissi maliziosamente ma, osservando quanto sembrava davvero preoccupata, aggiunsi: "Non agitarti, Miriam. Potresti esserti sbagliata."

«Ebbene, due giorni dopo ricevette un biglietto dal suo amante – il primo che avevo mai visto ricevere da lei – nel quale diceva di essere

caduto da cavallo e di essersi rotto il braccio sinistro. Miriam ricevette il suo messaggio la mattina molto presto.

«Miriam era stata con noi circa otto mesi, quando un giorno entrò nella mia stanza frettolosamente. Era molto pallida.

«"Sidney è malato… gravemente malato. Cosa devo fare?"

«Sapevo che doveva aver avuto un altro di quei messaggi orribili – o pensavo che lo avesse avuto – e, davvero, ricordando l'incidente del braccio rotto, non potevo sentirmi scettica come feci finta di essere. Cercai di rincuorarla, ma senza successo. Due ore dopo ricevette un telegramma dall'amico di college del suo amante, che diceva che il signor Claxton era gravemente malato di febbre tifoide.

«Fui molto preoccupata per Miriam nei giorni seguenti. Si lamentava e piangeva in continuazione. Uno dei suoi problemi era che non aveva ricevuto più messaggi; diceva che era perché Sidney era troppo malato per mandarli. Comunque sia, lei stessa dovette accontentarsi dei mezzi di comunicazione usati dai comuni mortali.

«La madre di Sidney, che era andata ad accudirlo, scriveva ogni giorno, e alla fine arrivò una buona notizia. La crisi era finita e il medico che si occupava di lui pensava che Sidney si sarebbe ripreso. Allora Miriam sembrava come se fosse una nuova creatura, e rapidamente recuperò il suo umore.

«Per una settimana i rapporti continuarono favorevoli. Una sera andammo all'opera per

ascoltare una famosa primadonna.[1] Quando tornammo a casa, Miriam e io eravamo sedute nella sua stanza, a chiacchierare degli eventi della serata.

«All'improvviso si sedette dritta con una specie di brivido convulso, e allo stesso tempo – ridete pure se volete – la più orribile sensazione si impadronì di me. Non vidi nulla, ma sentii soltanto che c'era qualcosa o qualcuno nella stanza oltre a noi.

«Miriam stava guardando dritto davanti a lei. Si alzò in piedi e tese le mani.

«"Sidney!" disse.

«Poi cadde sul pavimento come se fosse morta.

---

[1] In italiano nel testo.

«Urlai per chiamare Dick, suonai il campanello e corsi da lei.

«In pochi minuti tutta la famiglia era sveglia, e Dick corse a chiamare il dottore, perché non riuscivamo a far rinvenire Miriam dal suo svenimento simile alla morte. Sembrava una morta. Abbiamo cercato di farla svegliare per ore. Per un momento ci pareva che volesse uscire dal suo svenimento, darci uno sguardo inconsapevole e poi ritornava nel suo precedente stato.

«Il dottore parlò di un terribile shock, ma io tenni per me ciò che pensavo. All'alba Miriam tornò alla fine in vita. Quando lei e io restammo sole, si voltò verso di me.

«"Sidney è morto" disse tranquillamente. "L'ho visto... appena prima di svenire. Ho

alzato gli occhi, e lui era in piedi tra me e te. Era venuto per dirmi addio."

«Che cosa potrei dire? Quasi mentre stavamo parlando, arrivò un telegramma. Era morto… morì proprio nell'ora in cui Miriam lo aveva visto.»

La signora Sefton si fermò, e suonò la campanella del pranzo.

«Che ne pensate?» chiese mentre ci alzavamo.

«Onestamente, non so cosa pensare» risposi con franchezza.

La storia di Davenport

Era un pomeriggio piovoso, e noi passavamo il tempo raccontando storie di fantasmi. È una buona occupazione per un pomeriggio piovoso, ed è un periodo migliore per farlo che la sera. Se vi raccontano storie di fantasmi dopo il tramonto, sarete inclini a essere nervosi, indipendentemente se ci crediate o meno, e vi aggirerete per casa e vi precipiterete al piano di sopra sopraffatti da un terrore mortale, e vi spoglierete con le spalle verso il muro, così che non potrete immaginare che ci sia qualcosa dietro di voi.

Ognuno di noi raccontò una storia con il solito assortimento di misteriosi rumori e di avvertimenti di morte e di spettri nei lenzuoli e così

via, percorrendo l'intero catalogo di orrori… sufficiente per soddisfare ogni ragionevole degustatore di fantasmi. Ma Jack, come al solito, era insoddisfatto. Disse che le nostre storie erano tutte roba di seconda mano. Non c'era un uomo nel gruppo che avesse mai visto o sentito un fantasma; tutte le nostre cosiddette storie autentiche erano state raccontate da persone che avevano sentito la storia da altre persone che a loro volta avevano visto i fantasmi.

«Non si ottiene alcuna informazione da questo», disse Jack. «Non mi aspetto mai di arrivare così lontano da vedere un vero fantasma con i miei occhi, ma mi piacerebbe vedere e parlare con qualcuno che l'ha fatto.»

Alcune persone sembrano possedere l'abilità di far sì che i loro desideri si avverino. Jack è uno

di quelli. Proprio mentre faceva questa osservazione, Davenport entrò a passo lento e, scoprendo cosa stava succedendo, si offrì volontario per raccontare una storia di fantasmi… qualcosa che era successo a sua nonna, o forse era la sua prozia; ho dimenticato quale delle due. Fu una storia di fantasmi molto buona, come lo sono le storie di fantasmi, e Davenport la raccontò bene. Anche Jack lo ammise, ma disse:

«Anche questa è di seconda mano. Avete mai avuto un'esperienza spettrale, vecchio?»

Davenport unì le punte delle dita in maniera pensosa.

«Mi credereste se vi dicessi di averla avuta?» chiese.

«No» disse Jack impassibile.

«Allora non ci sarebbe alcun senso nel raccontarla.»

«Ma ovviamente non intendete dire che
l'avete avuta per davvero, no?»

«Non lo so, è successo qualcosa di strano
una volta, non sono mai stato in grado di spie-
garmela… da un punto di vista pratico, cioè.
Volete che ve ne parli?»

Certo che lo volevamo. Ed è stato emozio-
nante. Nessuno avrebbe mai sospettato che Davenport avesse visto i fantasmi.

«È piuttosto convenzionale» iniziò. «I fantasmi non sembrano possedere molta origina-
lità, ma è di prima mano, Jack, se è quello che
volete, non credo che nessuno di voi mi abbia
mai sentito parlare di mio fratello Charles, era
più anziano di me di due anni, ed era un tipo

tranquillo, riservato... niente affatto espansivo, ma con affetti molto forti e profondi.

«Quando lasciò il college, si fidanzò con Dorothy Chester. Lei era molto bella e mio fratello la idolatrò, morì poco prima della data fissata per il loro matrimonio, e Charles non si riprese mai più dal colpo.

«Ho sposato la sorella di Dorothy, Virginia. Virginia non assomigliava minimamente a sua sorella, ma la nostra primogenita era straordinariamente simile alla zia defunta: la chiamammo Dorothy e Charles le era devoto. Dolly, come la chiamavamo, era sempre "La ragazza di zio Charley".

«Quando Dolly aveva dodici anni, Charles andò a New Orleans per lavoro, e durante quel periodo contrasse la febbre gialla e morì. Fu

sepolto lì, e a Dolly si spezzò il giovane cuore per la sua morte.

«Un giorno, cinque anni dopo, quando Dolly aveva diciassette anni, stavo scrivendo alcune lettere nella mia biblioteca. Quella stessa mattina mia moglie e Dolly erano andate a New York per partire alla volta dell'Europa. Dolly sarebbe andata a scuola a Parigi per un anno. Gli affari m'impedirono di accompagnarle fino a New York, ma Gilbert Chester, fratello di mia moglie, sarebbe andato con loro. Sarebbero dovuti partire a bordo dell'*Aragon* il mattino dopo.

«Avevo scritto costantemente per circa un'ora. Alla fine, stancandomi, ho posato la penna e, appoggiandomi allo schienale della sedia, ero sul punto di accendere un sigaro quando un impulso inesplicabile mi fece

guardare tutt'intorno. Lasciai cadere il mio sigaro e balzai in piedi per lo stupore. C'era una sola porta nella stanza e l'avevo sempre avuta davanti a me. Avrei giurato che nessuno fosse entrato, eppure lì, in piedi tra me e lo scaffale, c'era un uomo… e l'uomo era mio fratello Charles!

«Non c'era alcun dubbio; lo vedevo chiaramente come vedo voi. Era un uomo alto, piuttosto corpulento, con i capelli ricci e una barba ben curata. Indossava lo stesso abito grigio chiaro che aveva indossato quando ci salutò la mattina della sua partenza per New Orleans. Non portava il cappello, ma indossava occhiali, e stava in piedi nel suo vecchio atteggiamento preferito, con le mani dietro la schiena.

«Vorrei che voi comprendeste che in quel preciso momento, anche se ero oltremodo sorpreso, non ero minimamente spaventato, perché non pensavo neppure per un momento che quello che avevo visto fosse… beh, un fantasma o un'apparizione di qualsiasi sorta. Il pensiero che balenò nel mio cervello confuso era semplicemente che c'era stato qualche errore assurdo da qualche parte, e che mio fratello non era mai morto, ma era qui, vivo e vegeto. Feci un passo frettoloso verso di lui.

«"Santo cielo, vecchio!" esclamai: "Da dove diamine vieni? Dannazione, tutti pensavamo che fossi morto!"

«Ero abbastanza vicino a lui quando mi fermai di colpo. In qualche modo non riuscivo a

muovere un altro passo. Egli non fece alcun movimento, ma i suoi occhi erano fissi nei miei.

«"Non lasciare che Dolly salpi sull'*Aragon* domani" disse con tono lento e chiaro che sentii distintamente.

«E poi se ne andò… sì, Jack, so che è un modo molto convenzionale di finire una storia di fantasmi, ma devo dirvi cosa è successo, o almeno quello che pensavo fosse accaduto. Un momento era lì e l'attimo dopo non c'era più. Non mi ha superato né è uscito di casa.

«Per qualche istante mi sono sentito stordito. Ero completamente sveglio e cosciente per quanto ho potuto giudicare, eppure tutto sembrava incredibile. Spaventato? No, non ero consapevole di essere spaventato. Ero semplicemente disorientato.

«Nella mia confusione mentale un pensiero spiccava in modo netto… Dolly era in qualche sorta di pericolo, e se l'avvertimento proveniva davvero da una fonte soprannaturale, non doveva essere ignorato. Mi sono precipitato alla stazione e, avendo prima telegrafato a mia moglie di non partire sull'*Aragon,* ho scoperto che potevo prendere il treno delle cinque e un quarto per New York. L'ho preso con la confortante consapevolezza che i miei cari avrebbero sicuramente pensato che fossi impazzito.

«Sono arrivato a New York alle otto del mattino seguente e subito ho guidato fino all'hotel dove alloggiavano mia moglie, mia figlia e mio cognato. Li trovai estremamente confusi dal mio telegramma. Suppongo che la mia spiegazione fosse molto zoppicante. Lo so, mi sentivo

decisamente sciocco. Gilbert rise di me e disse che avevo sognato tutto. Virginia era perplessa, ma Dolly accettò l'avvertimento senza esitazioni.

«"Certo che era zio Charley" disse con fiducia, "non salperemo sull'*Aragon* adesso".

«Gilbert ha dovuto cedere a questa decisione malvolentieri, e l'*Aragon* salpò quel giorno senza tre dei suoi passeggeri previsti.

«Ebbene, avete sentito parlare della storica collisione tra l'*Aragon* e l'*Astarte* nella nebbia, e della terribile perdita di vite che ha comportato. Gilbert non rideva più quando arrivò la notizia, ve lo assicuro. Virginia e Dolly salparono un mese dopo sulla *Marseilles*, e raggiunsero l'altro continente sane e salve. Questa è tutta la storia,

ragazzi… l'unica esperienza del genere che abbia mai avuto», concluse Davenport.

Ci furono molte domande da porre e diverse teorie da esporre. Jack disse che Davenport l'aveva sognato e che la collisione tra l'*Aragon* e l'*Astarte* era stata semplicemente una sorprendente coincidenza. Ma Davenport si limitò a sorridere a tutte le nostre supposizioni e, dato che ci chiarimmo solo verso le tre, non raccontammo più storie di fantasmi.

LA RAGAZZA AL CANCELLO

successo qualcosa di molto strano, la notte in cui il vecchio signor Lawrence morì. Non sono mai stata in grado di spiegarlo e non ne ho mai parlato a nessuno tranne a una persona, e lei disse che l'avevo sognato. Non l'ho sognato... lo vidi e lo sentii, da sveglia.

Non ci aspettavamo che il signor Lawrence morisse allora. Non sembrava molto malato... non così tanto quanto lo era stato durante il suo precedente attacco. Quando abbiamo saputo della sua malattia, sono andata a Woodlands[1] per fargli visita, perché ero sempre stata una sua

---

[1] Di certo si riferisce al villaggio di Woodlands che si trova nello stato dell'Illinois.

grande prediletta. L'enorme casa era silenziosa, i domestici svolgevano il loro lavoro come al solito, senza alcuna apparente agitazione. Mi fu detto che non potevo vedere il signor Lawrence per un po', dal momento che il dottore era con lui. La signora Yeats, la governante, disse che l'attacco non era stato serio e mi chiese di aspettare nel salotto azzurro, ma ho preferito sedermi sui gradini della grande porta ad arco. Era una sera di giugno. Woodlands era molto bella; alla mia destra c'era il giardino, e davanti a me c'era una piccola valle con il tramonto. In alcuni punti sotto i grandi alberi era abbastanza buio.

C'era qualcosa di insolitamente tranquillo nella sera... un silenzio come d'attesa. Mi fece pensare all'ultima volta che il signor Lawrence era stato malato... quasi un anno fa ad agosto.

Una notte, durante la sua convalescenza, lo avevo vegliato per far riposare la governante. Era stato insonne e loquace, e mi raccontò molte cose sulla sua vita. Finalmente mi parlò di Margaret.

Sapevo qualcosa di lei... che era stata la sua dolce metà ed era morta molto giovane. Il signor Lawrence era rimasto fedele alla sua memoria da allora, ma non lo avevo mai sentito parlare di lei prima.

«Era molto bella» disse sognante, «e aveva solo diciotto anni quando morì, Jeanette, aveva splendidi capelli color oro pallido e occhi marrone scuro, ho una sua piccola miniatura d'avorio. Quando morirò vi sarà donata, Jeanette. L'ho aspettata a lungo. Sapete, ha promesso che sarebbe venuta.»

Non capivo il significato di ciò e tacevo, pensando che avrebbe potuto vagare un po' con la sua mente.

«Ha promesso che sarebbe venuta e manterrà la sua parola», proseguì. «Ero con lei quando è morta, l'ho tenuta tra le braccia e mi ha detto: "Herbert, ti prometto che ti sarò fedele per sempre, durante tanti anni di paradiso solitario che dovrò trascorrere prima che tu possa venire. E quando il tuo tempo sarà vicino, verrò a rendere facile il tuo letto di morte, come tu hai fatto con il mio. Verrò, Herbert." Ha promesso solennemente, Jeanette, ne abbiamo fatto un patto di morte e so che verrà.»

Si addormentò e, dopo la sua guarigione, non aveva più accennato all'argomento. Mi dimenticai di ciò, ma ora lo ricordavo mentre sedevo sui

gradini tra i gerani, in quella sera di giugno. Mi piaceva pensare a Margaret... la bella ragazza che era morta tanto tempo prima, portando con sé nella tomba il cuore del suo amante. Era stata una sorella di mio nonno, e la gente mi diceva che le somigliavo un po'. Forse era per quello che il vecchio signor Lawrence mi aveva sempre trattato in maniera tanto affettuosa.

Poco dopo il dottore uscì e mi salutò con aria allegra. Gli chiesi come stava il signor Lawrence.

«Meglio... meglio» disse vivacemente. «Domani andrà tutto bene, l'attacco è stato molto lieve, sì, certo che potete entrare. Ma non vi trattenete più di mezz'ora.»

La signora Stewart, la sorella del signor Lawrence, era nella camera del malato quando entrai. Approfittò della mia presenza per sdraiarsi

sul divano per un po', perché era stata sveglia tutta la notte precedente. Il signor Lawrence girò la sua bella testa argentea sul cuscino e fece un saluto. Era un vecchio molto affascinante; né l'età né la malattia avevano sciupato il suo viso finemente modellato o alterato il bagliore dei suoi acuti occhi di un azzurro-acciaio. Sembrava stesse abbastanza bene e parlava naturalmente e facilmente di molte cose banali.

Alla fine della mezz'ora raccomandata dal dottore mi alzai per andar via. La signora Stewart si era addormentata e lui non mi permise di svegliarla, dicendo che non aveva bisogno di niente e che aveva solo voglia di dormire. Promisi che sarei ritornata l'indomani e uscii.

Era buio nell'atrio, dove nessuna lampada era stata accesa, ma fuori sul prato la luce della luna

era luminosa come se fosse giorno. Era la notte più chiara e più candida che avessi mai visto. Mi sono voltata verso il giardino, intendendo attraversarlo e prendere la strada corta sopra il prato a ovest della casa. C'era un lungo bordo di cespugli di rose che portavano attraverso il giardino fino a un piccolo cancello sul lato opposto... il sentiero che il signor Lawrence era solito prendere molto tempo fa, quando andava oltre i campi per corteggiare Margaret. Lo seguii, godendomi la notte. I cespugli erano bianchi di rose e il terreno sotto i miei piedi era tutto coperto dei loro petali come neve. L'aria era immobile e senza vento; di nuovo sentii quella sensazione di attesa... di aspettativa. Mentre mi avvicinavo al cancello, vidi una ragazza in piedi

dall'altra parte. Si trovava in un punto illuminato dal chiaro di luna e la vidi distintamente.

Era alta e snella e la sua testa era scoperta. Vidi che i suoi capelli erano di un oro pallido, che brillavano in modo strano sulla sua testa come se potessero catturare i raggi lunari. Il suo volto era adorabile e gli occhi grandi e scuri. Era vestita di qualcosa di bianco e lievemente scintillante, e in mano teneva una rosa bianca... molto grande e perfetta. Anche in quel momento mi sono ritrovata a chiedermi dove avrebbe potuto prenderla. Non era una rosa di Woodlands. Tutte le rose di Woodlands erano più piccole e meno perfette.

Era un'estranea per me, eppure sentivo di aver visto lei o qualcuna di molto simile a lei prima di allora. Forse era una delle tante nipoti

del signor Lawrence che sarebbe potuta venire a Woodlands dopo aver saputo della sua malattia.

Quando aprii il cancello sentii una strana sensazione di timore positivo. Poi lei sorrise come se avessi detto a voce alta il mio pensiero.

«Non spaventatevi», disse. «Non c'è motivo per cui dovreste aver timore, sono venuta solo per prestare fede a un patto.»

Le parole mi fecero venire in mente qualcosa, ma non riuscivo a ricordare cosa fosse. La strana paura che era piombata su di me aumentò. Non ero capace di parlare.

Attraversò il cancello e rimase per un momento al mio fianco.

«È strano che mi abbiate visto», disse, «ma ora vedete quanto è forte e meraviglioso l'amore

fedele… forte abbastanza da vincere la morte. Noi abbiamo sempre amato davvero l'amore… e questo ci ha donato il nostro paradiso.»

Proseguì dopo aver parlato, attraverso il lungo sentiero di rose. La osservai finché non raggiunse la casa e salì i gradini. In verità pensavo che la ragazza fosse una persona non abbastanza sana di mente. Quando arrivai a casa non parlai della questione con nessuno, nemmeno per sapere chi potesse essere la ragazza. Sembrava esserci qualcosa in quello strano incontro che richiedeva il mio silenzio.

Il mattino dopo giunse la notizia che il vecchio signor Lawrence era morto. Quando mi precipitai a Woodlands trovai tutto in confusione, ma la signora Yeats mi condusse nel

salotto azzurro e mi disse quel poco che c'era da dire.

«Dev'essere morto poco dopo che lei lo ha lasciato, signorina Jeanette» singhiozzò, «perché la signora Stewart si è svegliata alle dieci e se n'era andato. È rimasto disteso, sorridente, con un'espressione così strana sul viso come se avesse appena visto qualcosa che lo rendeva meravigliosamente felice, non avevo mai visto un volto simile prima d'ora.»

«Chi c'è qui oltre alla signora Stewart?» chiesi.

«Nessuno» disse la signora Yeats. «Abbiamo mandato un messaggio a tutti i suoi amici, ma non hanno ancora avuto il tempo di arrivare.»

«Ho incontrato una ragazza in giardino ieri notte» dissi lentamente. «È entrata in casa. Non la conoscevo, ma pensavo fosse una parente del signor Lawrence.»

La signora Yeats scosse la testa.

«No. Dev'essere stata qualcuna del villaggio, anche se non sapevo che qualcuna fosse venuta dopo che ve ne siete andata.»

Non dissi niente di più a riguardo.

Dopo il funerale, la signora Stewart mi regalò la miniatura di Margaret. Non avevo mai visto prima nessuna foto di Margaret. Il volto era molto bello... e anche stranamente simile al mio, sebbene io non sia bella. Era il volto della ragazza che avevo incontrato al cancello!

La festa privata a Smoky Island

CLORALIO

uando Madeline Stanwyck mi chiese di unirmi alla sua festa privata[1] a Smoky Island,[2] non ero disposta a farlo. Era l'inizio dell'estate e ci sarebbero state le zanzare. Una zanzara può tenermi più sveglia di una cattiva coscienza: e ci sono milioni di zanzare nel Muskoka.[3]

[1] *house party* nel testo inglese; è una festa in cui gli ospiti rimangono a casa di chi la organizza per qualche giorno.

[2] Località fittizia che fa riferimento ai tanti isolotti situati nei laghi del Muskoka. Vd. nota seguente.

[3] Il Muskoka è un distretto della regione dell'Ontario centrale in Canada ed è caratterizzato dalla presenza di numerosi laghi in alcuni dei quali sono presenti piccole isole. In Muskoka, dove è ambientato anche il romanzo *The Blue Castle* (1926), Montgomery aveva soggiornato con il marito nell'estate del 1922.

«No, no, la stagione per loro è finita», mi assicurò Madeline. Madeline direbbe qualsiasi cosa per ottenere quel che desidera.

«La stagione delle zanzare non è mai finita nel Muskoka» dissi, scontrosamente, come se qualcuno potesse discutere con Madeline. «Loro prosperano lassù persino a zero gradi e anche se per miracolo non ci fossero zanzare, non ho alcuna voglia di essere fatta a pezzi dalle mosche nere.»[4]

Persino Madeline non osò dire che non ci sarebbero state mosche nere, quindi ritornò saggiamente alla sua Madelinità.[5] «Per favore vieni,

---

[4] *black flies* nel testo inglese; mosche che si nutrono del sangue di mammiferi, incluso quello degli esseri umani.

[5] *Madelinity* c.s.; cioè nel modo di comportarsi tipico di Madeline.

per il mio bene» disse malinconicamente. «Non sarebbe una vera festa per me se tu non ci fossi, Jim cara.»

Sono la cugina preferita di Madeline, di venti anni più anziana, e lei chiama tutti cari quando vuole ottenere qualcosa. Non che Madeline... ma questa storia non riguarda Madeline. Si tratta di un evento che si è verificato a Smoky Island. Nessuno di noi finge di capirlo, tranne il Giudice, che finge di capire tutto. Ma lui lo capisce davvero meglio di tutti noi. La sua ultima spiegazione è che siamo stati ipnotizzati e in stato di ipnosi abbiamo visto e ricordato cose che altrimenti non avremmo potuto vedere o ricordare. Tuttavia nemmeno lui riesce a spiegare chi o cosa ci abbia ipnotizzati.

Ho deciso di cedere, ma non tutto in una volta.

«La tua governante di Smoky Island ha ancora quel detestabile pappagallo bianco?» chiesi.

«Sì, ma è molto più educato di quanto non fosse prima», assicurò Madeline. «E sai che ti è sempre piaciuto il suo gatto.»

«Chi ci sarà alla tua festa? Sono piuttosto schizzinosa in merito alla compagnia.»

Madeline sorrise.

«Sai che non invito mai nessuno, tranne le persone interessanti alle mie feste» – mi inchinai al complimento implicito – «con uno o due persone noiose per mostrare la brillantezza del resto di noi» – questa volta non mi inchinai – Consuelo Anderson... zia Alma... il professor Tennant e sua moglie... Dick Lane... Tod Newman... il

senatore Malcolm e la moglie... la vecchia Nosey... Min Ingram... il Giudice Warden... Mary Harland... e alcuni Giovani Brillanti[6] per divertire *me*.»

Rivedevo la lista nella mia mente, senza disapprovare. Consuelo era una ragazza molto grassa con una laurea. Mi piaceva perché poteva stare ferma per un tempo più lungo di qualsiasi altra donna che io conosca. Tennant era professore di qualcosa che chiamava la Nuova Patologia... un ometto insignificante con un intelletto gigantesco. Dick Lane era uno di quei tipi di uomini che si faceva desiderare, ma un tipo franco, amichevole, abbastanza affascinante. Mary Harland era una zitella compiaciuta, Tod un divertente

[6] *Bright Young Things* nel testo inglese; sono giovani aristocratici.

piccolo bellimbusto, zia Alma una cosa dolce e dai capelli argentati come una madre di Whistler.[7] La vecchia Nosey – il cui vero nome era signorina Alexander e che non lasciò mai che nessuno dimenticasse che aveva quasi navigato sulla *Lusitania*[8] – e i Malcolm non mi terrorizzavano, anche se il senatore chiamava sempre sua moglie 'Gattine'.[9] E il giudice Warden era un mio vecchio amico. Non mi piaceva Min Ingram, che aveva una lingua tagliente, ma poteva essere ignorata, insieme ai Giovani Brillanti.

«È tutto?» chiesi con cautela.

[7] Fa riferimento al dipinto *Whistler's Mother* del pittore americano James Abbott McNeill Whistler (1834-1903).

[8] Un celebre transatlantico britannico affondato nel 1915 da un sommergibile tedesco.

[9] *Kittens* nel testo inglese.

«Beh... il dottor Armstrong e Brenda, ovviamente» disse Madeline, guardandomi come se non lo fosse affatto. «Ciò è... prudente?» ho detto lentamente.

Madeline si strinse fra le spalle.

«Certo che no» disse miseramente. «È probabile che rovinerà tutto, ma John insiste... sai che lui e Anthony Armstrong sono amici da tutta la vita, e io e Brenda siamo sempre state amiche. Sarebbe stato divertente se loro non ci fossero stati. Non so cosa le sia successo, tutti noi *sappiamo* che Anthony non ha avvelenato Susette.»

«Brenda non lo sa, a quanto pare», dissi.

«Beh, dovrebbe!» scattò Madeline. «Come se Anthony avesse davvero potuto avvelenare

qualcuno! Ma questa è una delle ragioni per cui in particolare desidero che tu venga.»

«Ah, ora ci stiamo arrivando, ma perché *io*?»

«Perché hai più influenza su Brenda di chiunque altro... oh, sì, ce l'hai... se tu potessi farla aprire... parlarle... potresti aiutarla, perché... se qualcosa non la aiuta presto, poi sarà troppo tardi. Sai cosa intendo.»

Lo sapevo abbastanza bene. Il caso di Anthony Armstrong ci preoccupava tutti. Abbiamo assistito a una tragedia recitata davanti ai nostri occhi e non abbiamo potuto alzare un dito per dare il nostro aiuto. Perché Brenda non parlava e Anthony non aveva mai parlato.

La storia, che ora ha cinque anni, era nota a tutti noi, naturalmente. La prima moglie di

Anthony era stata Susette Wilder. Dei morti si deve solo parlare bene; quindi dirò solo che Susette era molto bella e molto ricca. Per un caso propizio la sua fortuna l'aveva raggiunta inaspettatamente con la morte di una zia e di una cugina dopo che aveva sposato Anthony, in modo che non potesse essere accusata di essere a caccia di fortuna. All'inizio era stato follemente innamorato di Susette, ma dopo che furono sposati da alcuni anni, non credo che gli fosse rimasto molto affetto per lei. Nessuno di noi aveva mai avuto da dubitarne. Quando la notizia che era morta giunse dalla California – dove Anthony l'aveva portata un inverno a causa dei suoi nervi – non credo che qualcuno provasse alcun rimpianto, né alcun sospetto quando sentimmo

che era morta per overdose di cloralio;[10] piuttosto misteriosamente, certo, perché Susette non era né distratta né incline al suicidio. Ci furono alcune brutte voci, specialmente quando si seppe che Anthony aveva ereditato la sua intera fortuna secondo la volontà di lei; ma nessuno osò mai dirlo molto apertamente. Noi, che conoscevamo e amavamo Anthony, non prestammo mai alcuna attenzione alle supposizioni. E quando, due anni dopo, sposò Brenda Young, eravamo tutti contenti. Anthony, abbiamo detto, avrebbe avuto un po' di felicità ora.

Per un po' l'ebbe. Nessuno poteva dubitare che lui e Brenda fossero estaticamente felici. Brenda era una creatura sincera e spirituale,

---

[10] Il cloralio viene ancora oggi usato principalmente per trattare i disturbi del sonno.

adorabile dopo il modo di essere totalmente diverso di Susette. Susette aveva i capelli dorati e gli occhi freschi e verdi come la fluorite.[11] Brenda aveva una figura sottile e scura, i capelli si mescolavano al crepuscolo e gli occhi così pieni di luce che era difficile dire se fossero azzurri o grigi. Amava Anthony così terribilmente che a volte pensavo che stesse sfidando gli dèi.

Poi – lentamente, sottilmente, senza rimorsi – il cambiamento arrivò. Cominciammo a sentire che c'era qualcosa che non andava – di molto sbagliato – tra gli Armstrong. Non erano più così felici... non erano affatto felici... erano infelici. La vecchia risata deliziosa di Brenda non fu mai più ascoltata, e Anthony svolse il suo lavoro con un'aria distratta che non piaceva ai

[11] La flourite è una pietra di colore verde.

suoi pazienti. La sua pratica era decaduta da un po' prima della morte di Susette, ma era cresciuta e cresciuta meravigliosamente. Ora iniziava a decadere di nuovo. E il peggio era che ad Anthony non sembrava importare. Naturalmente non ne aveva bisogno dal punto di vista finanziario, ma era sempre stato così interessato al suo lavoro.

Non so se fosse solo una supposizione o se Brenda si fosse lasciata sfuggire una parola, ma tutti noi sapevamo o sentivamo che un orribile sospetto la possedeva. Ci fu un sussurro di una lettera anonima, piena di vili allusioni, che aveva dato inizio al problema. Non ho mai saputo i particolari di ciò, ma sapevo che Brenda era diventata una donna stregata.

Anthony diede a Susette quell'overdose di cloralio... di proposito?

Se fosse stata il tipo di donna che parlava, qualcuno avrebbe potuto salvarla. Ma lei non lo era. Credo che non abbia mai detto una parola ad Anthony del freddo orrore della sfiducia che stava avvelenando la sua vita. Tuttavia doveva aver sentito che lei lo sospettava, e tra loro c'era il gelo e l'ombra di un qualcosa di cui non si doveva parlare.

All'epoca della festa privata di Madeline lo stato di cose tra gli Armstrong era tale che Brenda aveva quasi raggiunto il punto di rottura. Anche i nervi di Anthony erano tesi, e i suoi occhi erano quasi tragici quanto quelli di lei. Eravamo tutti pronti a sentire che Brenda lo

aveva lasciato o aveva fatto qualcosa di ancora più disperato. E nessuno avrebbe potuto fare nulla per aiutare, no neanche io, nonostante le folli speranze di Madeline. Non potevo andare da Brenda e dire: «Guarda, lo sai, Anthony non ha mai pensato a una cosa come l'avvelenamento di Susette.» Dopotutto, nonostante le nostre congetture, il problema sarebbe potuto essere qualcos'altro. E se lo avesse sospettato, quale prova avrei potuto offrirle che avrebbe sradicato l'ossessione dalla sua mente?

Non pensavo che gli Armstrong sarebbero venuti a Smoky Island, ma lo fecero. Quando Anthony scese sul pontile e tese la mano per aiutare Brenda dal battello a motore, lei lo ignorò, scendendo rapidamente senza alcuna assistenza

e risalendo attraverso il giardino roccioso e gli abeti appuntiti. Ho visto Anthony diventare molto pallido. Mi sono sentita un po' male anch'io. Se le cose erano arrivate a un punto tale che lei si ritraeva dal suo semplice tocco, il disastro era vicino.

Smoky Island era in un piccolo lago azzurro nel Muskoka e la casa era chiamata Wigwam... probabilmente perché nulla sulla terra poteva essere meno simile a una wigwam.[12] I soldi di Stanwyck ne avevano fatto un posto meraviglioso, tuttavia persino i soldi di Stanwyck non potevano comprare il bel tempo. La festa di Madeline fu un flop. Piovve ogni giorno, più o meno per l'intera settimana, e anche se tutti

[12] La *wigwam* (tenda indiana) è la semplice abitazione a forma di cupola usata da certe tribù native americane.

abbiamo provato eroicamente a fare del nostro meglio, non penso di aver trascorso un tempo più spiacevole di quello. I modi del pappagallo non furono i migliori, nonostante le assicurazioni di Madeline. Min Ingram aveva portato con sé un cane sprezzante e sdegnoso che tutti odiavano perché ci disprezzava tutti. Min stessa continuava a proferire insulti taglienti quando vedeva chiunque correre il rischio di sentirsi a proprio agio. Pensavo che i Giovani Brillanti sembrassero ritenere *me* responsabile del tempo. I nervi di tutti noi erano tesi tranne quelli di zia Alma. Niente ha mai sconvolto zia Alma. Si vantò un po' di questo.

Il sabato il tempo si sfogò con un consueto acquazzone e con un vento che correva fuori dai pini verde scuro per frustare Wigwam per poi

correre indietro come un animale impazzito. L'aria era piena di foglie cadenti e volanti come di pioggia, e il lago era uno squarcio di onde tremanti. Quest'affascinante giornata si concluse con una notte umida e grondante.

Eppure le cose erano sembrate leggermente migliori di qualsiasi altro giorno. Anthony era via. Aveva ricevuto un misterioso telegramma subito dopo la colazione, aveva preso la barchetta a motore e si era diretto verso la terraferma. Ne ero contenta, perché sentivo che non potevo più sopportare di vedere l'anima di un uomo torturata come la sua. Brenda era rimasta nella sua stanza tutto il giorno con la buona vecchia scusa del mal di testa. Non dirò che non fu un sollievo. Tutti abbiamo percepito la tensione tra lei e Anthony come qualcosa di tangibile.

«Qualcosa – *qualcosa* – sta per accadere» continuava a dirmi Madeline. Era davvero peggio del pappagallo.

Dopo cena ci riunimmo tutti intorno al caminetto nell'atrio, dove ardeva un allegro fuoco di betulla bianca; anche se era giugno, la sera era fredda. Mi risistemai con un sospiro di sollievo. Dopotutto, niente dura per sempre, e quest'infernale festa privata sarebbe finita lunedì. Inoltre, è stato davvero abbastanza comodo e allegro qui, nonostante finestre rumorose, venti lamentosi e vetri grondanti di pioggia. Madeline spense le luci elettriche e la luce del fuoco fu gentile con le donne, che sembravano tutte molto affascinanti. Alcuni dei Giovani Brillanti sedevano a gambe incrociate sul pavimento con le braccia l'uno

verso l'altra piuttosto indiscriminatamente per quanto riguardava il sesso... tranne una languida e sofisticata creatura in velluto arancione e lunghi orecchini d'ambra, che sedeva su un basso sgabello con il gatto serbo della governante, che offriva a tutti un'ottima visione delle ossa della sua colonna vertebrale. Il cane di Min posava altezzoso sul tappeto, e il pappagallo nella sua gabbia era silenzioso – secondo lui – solo che ogni tanto ci diceva che lui o qualcun altro era diabolicamente intelligente. La signora Howey, la governante, insistette per tenerlo nella sala, e Madeline dovette assentire perché era difficile trovare una governante a Muskoka anche per una Wigwam.

Il giudice sembrava ridacchiare perché aveva risolto un rompicapo che aveva sconcertato tutti, e il professore e il senatore, che avevano litigato a

lungo tutto il giorno, si crogiolavano l'un l'altro come nemici meritevoli del proprio acciaio. Consuelo era immobile, come al solito. La signora Tennant e la zia Alma stavano lavorando a maglia dei maglioni. 'Gattine', con le mani grassocce incrociate sul ventre ricoperto dal raso, stava osservando adorante il suo senatore, e la signorina Nosy ci stava parlando di tutto. Per il momento eravamo un gruppo di persone contente e garbate, e non capivo perché Madeline avrebbe dovuto improvvisamente proporre che ognuno di noi raccontasse una storia di fantasmi, ma lo fece. Era una notte ideale per le storie di fantasmi, affermò. Non ne aveva sentite raccontare da anni e sapeva che tutti avevano avuto almeno un evento soprannaturale nella propria vita.

«Non ne ho» ringhiò il giudice sprezzante.

«Suppongo» disse il professor Tennant un po' bellicosamente, «che definireste un asino chiunque creda nei fantasmi, vero?» Il giudice congiunse attentamente i polpastrelli prima di rispondere.

«Oh, mio caro, no. Non mi permetterei di insultare così gli asini.»

«Di certo se non *si crede* nei fantasmi essi non possono apparire» disse Consuelo.

«Alcune persone sono in grado di vedere i fantasmi e altre no», annunciò Dick Lane. «È semplicemente un dono.»

«Un dono del quale non sono intimorita», disse 'Gattine' compiaciuta.

Mary Harland rabbrividì. «Che cosa terribile sarebbe se i morti tornassero davvero!»

«"Dagli spiriti e dai mostri e dalle bestie dalle lunghe zampe / E dalle creature che arrivano di notte / Buon Signore, liberaci!"»,[13] citò Ted alla leggera.

Tuttavia Madeline non doveva essere tenuta da parte. La sua piccola faccia da elfo, sotto la sua corona di capelli color ruggine, era vivamente determinata.

«Ci spaventeremo un po'» disse in maniera risoluta. «Questo è proprio il tipo di notte in cui i fantasmi possono camminare. Ma ovviamente non possono venire qui, perché Wigwam non è infestata, mi dispiace dirlo, non sarebbe fantastico vivere in una casa infestata? Su ora, tutti

[13] «From ghoulies and ghaisties and lang-legged beasties / And things that go bump in the night, / Good Lord, deliver us!» nel testo inglese; si tratta dei versi di un componimento poetico tradizionale scozzese.

devono raccontare una storia di fantasmi, professor Tennant, iniziate voi. Qualcosa di carino e di raccapricciante, per favore.»

Con mia sorpresa, il Professore incominciò, anche se l'espressione della signora Tennant ci informò chiaramente che lei non approvava il fatto di giocherellare con i fantasmi. Raccontò anche una storia molto bella – punteggiata da sbuffi del Giudice – su una casa di sua conoscenza che era stata infestata dalla voce di un bambino morto che si univa a tutte le conversazioni con amarezza e con spirito di vendetta. Il bambino, naturalmente, era stato maltrattato e assassinato e il suo corpo era stato trovato sotto la pietra del focolare della biblioteca. Poi Dick raccontò una storia su un cane morto che vendicò il suo padrone, e Consuelo mi stupì

raccontando una storia davvero raccapricciante di un fantasma che venne al matrimonio della sua amante con la rivale di lei... Consuelo disse che conosceva bene la gente. Ted conosceva una casa in cui si sentivano voci e passi e dove non potevano esserci voci o passi, e persino zia Alma raccontò di «una donna bianca con una mano gelida» che vi chiedeva di ballare con lei. Se foste stati abbastanza arditi da accettare l'invito, non avreste mai perso la sensazione della sua mano gelida nella vostra. Questa fredda apparizione era sempre vestita in un abito del Settecento.

«Immagina un fantasma in una crinolina», ridacchiò una Giovane Brillante.

Min Ingram, di tutte le persone, aveva visto un fantasma e lo prendeva molto seriamente.

«Bene, mostratemi un fantasma e ci crederò» disse il Giudice, con un altro sbuffo.

«Non è diabolicamente intelligente?» gracidò il pappagallo.

Proprio a questo punto Brenda scese al piano di sotto e si sedette dietro di noi, con i suoi occhi tragici che bruciavano sul suo viso pallido. Avevo la sensazione che lì, in quella tranquilla e serena scena, piena di gente di buon umore, tollerabilmente divertita e banale, un cuore umano stesse bruciando in agonia.

Qualcosa piombò su di noi con l'arrivo di Brenda. Il cane di Min Ingram improvvisamente guaì e si appiattì sul tappeto. Mi venne in mente che era la prima volta che lo vedevo sembrare un vero cane. Mi domandai pigramente

che cosa lo avesse spaventato. Il gatto della governante si mise a sedere, con la schiena ispida, scivolò giù dal grembo di velluto arancione e uscì fuori, nel corridoio. Ho avuto una strana sensazione alle radici dei capelli che mi erano rimasti, così mi sono rivolta in fretta alla ragazza magra e scura sulla sedia di quercia alla mia destra.

«Non ci avete ancora raccontato una storia di fantasmi, Christine, è il vostro turno.»

Christine sorrise. Vidi il Giudice che guardava ammirato le sue caviglie, rivestite in calze di chiffon. Il Giudice ha sempre avuto un occhio per una bella caviglia. Per quanto mi riguarda, mi chiedevo perché non riuscissi a ricordare il cognome di Christine e perché mi sentivo come

se fossi stata spinta in qualche strano modo a farle quella banale richiesta.

«Vi ricordate di quanto zia Elizabeth credesse fermamente ai fantasmi?» disse Christine. «E quanto fosse arrabbiata quando mi presi gioco della sua credenza? Sono... più saggia, ora.»

«Ricordo» disse il Senatore in modo sognante.

«I soldi di vostra zia Elizabeth sono andati alla prima signora Amstrong, non è così?» disse una dei Giovani Brillanti, detta Tweezers. Era una cosa abominevole da dire per chiunque, essendo presente Brenda. Ma nessuno sembrava inorridito. Ebbi un'altra strana sensazione che *sarebbe stato* male dire un'altra cosa, e se Tweezers lo avesse detto? Ho avuto un'altra sensazione...

che dall'ingresso di Brenda ogni nonnulla era importante, ogni tono era pregno di un significato profondo, ogni parola celava un significato nascosto. Stavo diventando nervosa?

«Sì» disse Christine in maniera pacata.

«Supponete che Susette Armstrong abbia davvero preso quell'overdose di cloralio di proposito?» andò avanti Tweezers incredibilmente.

Non essendo abbastanza vicina a Tweezers per assassinarla, guardai Brenda. Ma Brenda non diede segno di aver sentito. Stava fissando Christine.

«No», disse Christine. Mi chiesi come facesse a saperlo, ma non c'era alcun dubbio nella mia mente che lei lo sapesse. Parlava come se avesse una certa autorità. «Susette non aveva

intenzione di morire. Eppure era condannata, anche se non lo sospettava, aveva una malattia incurabile che l'avrebbe uccisa in pochi mesi. Nessuno lo sapeva, tranne Anthony e me. Ed era arrivata a odiare Anthony. Il giorno dopo avrebbe modificato il suo testamento... lasciando tutto lontano da lui. Mi disse così. Ero furiosa. Anthony, che aveva passato la sua vita a fare del bene alle creature sofferenti, sarebbe stato lasciato povero e di nuovo in difficoltà dopo che la sua pratica sarebbe stata distrutta dal disastro di Susette. Avevo amato Anthony da quando lo conoscevo, lui non lo sapeva... ma Susette sì. Fidatevi di lei. Era solita prendersi gioco di me. Non che fosse importante... Sapevo che egli non si sarebbe mai preso cura di me. Ma intravidi la mia possibilità di fare qualcosa per

lui e la colsi. Diedi a Susette quell'overdose di cloralio. L'ho amato abbastanza per fare quello... e per *questo*.»

Qualcuno urlò. Non ho mai saputo se fosse Brenda o no. Zia Alma – che non era mai arrabbiata per niente – si raggomitolò sulla sedia in preda a una crisi isterica. 'Gattine', con la sua grassa figura che tremava, era aggrappata al suo Senatore, il cui volto sciocco e amabile era diventato cupo, assolutamente cupo. Min Ingram era in ginocchio e il Giudice stava cercando di non far tremare le mani stringendole. Le sue labbra si muovevano e so di aver afferrato la parola "Dio". Per quanto riguarda Tweezers e tutto il resto della sua banda, non erano più Giovani Brillanti ma semplicemente ragazzini tremanti e terrorizzati.

Mi sentivo male... molto male. *Perché non c'era nessuno sul sedile di quercia e nessuno di noi aveva mai conosciuto o sentito la ragazza che avevo chiamato Christine.*

In quel momento la porta della sala si aprì e un grondante Anthony entrò. Brenda si lanciò avidamente verso di lui, bagnato com'era.

«Anthony... Anthony, perdonami» singhiozzò. Qualcosa di bello da vedere apparve sul volto logoro di Anthony.

«Ti sei spaventata, tesoro?» disse teneramente. «Mi dispiace di essere arrivato così in ritardo, non c'è stato alcun pericolo, ho aspettato di ricevere una risposta al mio telegramma a Los Angeles. Stamattina ho saputo che Christine Latham è stata uccisa in un incidente automobilistico. Era la cugina di secondo grado di Susette

e la sua governante – una cara, leale personcina
– le ero molto affezionato. Mi dispiace che tu
abbia avuto una serata così agitata, tesoro.»

Il fantasma dai Brixley

«È vergognoso il modo in cui Alf Logan e tutti quei ragazzi di Cornertown Road perseguitano Lige Vondy», disse Frank Sheraton, mentre si sedeva sui gradini del portico posteriore accanto a suo cugino Fred. «Sono stato alla fucina del fabbro questa sera e Alf era lì con una folla di suoi satelliti, facendo il bullo e vantandosi come al solito. Lige è arrivato, e l'hanno preso in giro in ogni modo possibile. Anche lui si sente così male. Oggi ha quasi pianto. Alf l'ha preso in giro e gli altri ragazzi hanno riso e applaudito. Ho detto ad Alf che era una vergogna, ma ero solo uno contro una dozzina. Lige si stava dirigendo verso il ruscello

per prendere un secchio d'acqua, e al suo ritorno Tom Clark ha fatto finta di andargli incontro e l'ha fatto inciampare. L'acqua è stata versata e non è un lavoro facile per Lige, con la sua schiena debole, portarla su per quella collina. Ho portato io il secondo secchio al posto suo e i bulli di Cornertown non hanno avuto il coraggio di molestarmi. Il resto dei ragazzi non sarebbe così male se non fosse per Alf Logan. Ha una specie di ascendente su di loro... con la sua spavalderia e il suo modo di vantarsi, lo considerano un eroe a tutti gli effetti e seguono il suo esempio in tutto.»

«Credo che Alf Logan è davvero un codardo, molto più di Lige Vondy», disse Fred con indignazione.

«Certo che lo è. Pensi che un ragazzo che non è un vigliacco sarebbe contento di tormentare un povero sempliciotto come Lige? Ad Alf piacciono i ragazzini bullizzati che non possono difendersi, ma è molto attento a tenersi lontano da chi può farlo. Mi piacerebbe fargli abbassare un po' la cresta. Se solo potessimo renderlo ridicolo agli occhi dei suoi ammiratori, questo annienterebbe la sua influenza su di loro, e forse lascerebbero Lige in pace.»

Lige Vondy era una persona semplice di circa diciotto anni, che viveva con la madre vedova in una casetta al bivio delle strade di Cornertown e di Jersey. Lige era debole, fisicamente e mentalmente; di solito era innocuo e inoffensivo, ma si arrabbiava molto se ridevano di lui. Circa una settimana dopo la

conversazione riportata sopra, Frank venne da Fred con un'altra storia riguardante Alf e Lige.

«Oggi ci siamo divertiti alla fucina, Fred. Ho portato giù "Bonny Belle" per farlo ferrare, e mentre aspettavo il mio turno Lige è venuto avanti e indietro e ha iniziato a raccontare una storia.[1] Sai quella vecchia catapecchia in rovina nella valle sulla strada di Jersey, dove vivevano i Brixley? La gente dice che è infestata. Chissà per quale motivo, dal momento che sono sicuro che i Brixley erano innocui e pacifici, anche se mortalmente pigri. Ma questa è la storia, e molte persone qui intorno stanno alla larga da quella casa dopo il tramonto.[2] Beh, pare che Lige l'ha passata verso le nove di

[1] *to spine a yarn* nel testo inglese.
[2] *give that house a wide berth* c.s.

ieri sera, e proprio mentre si trovava di fronte alla porta, una figura altissima, bianca, è venuta fuori e gli è fluttuata contro. Penso che ha visto davvero qualcosa di strano – Lige non inventa cose del genere – una mucca bianca o una pecora o forse un gufo o anche un vecchio giornale al vento… ma, comunque, se l'è data a gambe e ha corso per salvarsi la pelle, con il fantasma che lo inseguiva, così è arrivato fino alla collina di Stanley, dove lo spettro è improvvisamente sparito. Lige ha tirato fuori tutta questa tiritera nel suo modo particolare e si è dilungato sullo spavento che ha avuto con abbastanza orgoglio. Naturalmente i ragazzi l'hanno preso in giro. Hanno fatto finta di non credere a una parola e l'hanno infastidito finché non si è arrabbiato. Alf Logan è

stato quello che ha parlato di più, come al solito. Ha detto che non credeva nei fantasmi, non lui! E che se ne incontrava uno non avrebbe avuto paura, non molta! Avrebbe marciato verso di lui e gli avrebbe chiesto cosa volesse! Lige è un mammalucco, ma ha dei lampi di senso ogni tanto. Parlò e disse ad Alf Logan che non sarebbe stato capace di passare dietro la vecchia casa di Brixley, dopo l'oscurità. Alf disse che non solo l'avrebbe passata, ma si sarebbe spinto a entrarci, addirittura, nel buio più scuro, come no. Poi Lige l'ha sfidato ad avere il coraggio di farlo. Non potevo non ridacchiare. Alf sembrava così sgonfio. Ma non è riuscito a tirarsi indietro dopo tutto il suo vantarsi, specialmente quando tutti hanno applaudito Lige.

«"Certo che lo farò" disse, in tono altisonante. "Non è che qualcuno di voi ragazzi vuole venire, per il gusto di farlo?"»

«Pensavo fosse molto orgoglioso per volere compagnia, ma gli altri non lo notarono. La maggior parte dei ragazzi rifiutò, ma Tom Clark, Ned e Jim Bowley e Chad Morrison dissero che sarebbero andati. Chad è un pochino invidioso di Alf e voleva vedere se sarebbe fuggito nell'oscurità, se era davvero coraggioso. Di cosa stai ridendo, Fred?»

«Pensavo solo a una cosa» disse Fred.

La sera seguente era davvero una sera spettrale, del tutto particolare nella scelta degli effetti scenici, non si sarebbe potuto avere di meglio. Era nuvoloso, ma una luna piena dietro le nuvole creava una strana luce fioca e un freddo

vento orientale gemeva e fremeva tra gli alberi. Alf Logan e i suoi compari, saliti lungo la strada di Jersey, rabbrividirono anche loro.

«Comunque non esistono cose tipo i fantasmi» disse Tom Clark, rompendo uno sgradevole silenzio.

«Certo che non esistono» disse Alf altezzosamente. «Nessuno ci crede al giorno d'oggi tranne gli sciocchi!»

«Ma allora che cosa ha visto Lige?» sussurrò Ned Bowley, nervosamente.

«Lige avrebbe paura della sua ombra» ringhiò Alf. «Non credo che ha visto niente. Penso che ha solo raccontato fandonie.»

«Supponiamo che vediamo… qualcosa?» suggerì Chad Morrison. «Che cosa farai, Alf?»

«Mi hai già sentito dire cosa avrei fatto, no?» ribatté Alf, rabbioso. «Chiudete il becco e non parlate di fantasmi. Vi spaventerete e vi nasconderete e mi abbandonerete prima del tempo.»

Gli altri ragazzi si risentirono di questo insulto verso il loro coraggio e ricaddero in un silenzio imbronciato. Mentre si avvicinavano alla temuta valle, oscura e misteriosa nelle ombre degli abeti che la circondavano, si fecero più vicini l'uno all'altro.

La vecchia casa dei Brixley era quasi caduta in rovina. Porte e finestre erano sparite e le pareti erano fatiscenti e pericolanti. Con passi esitanti, Alf e i suoi compagni calpestarono le erbacce nel cortile e raggiunsero la porta.

«Beh, non entri?» chiese Chad, piuttosto sarcasticamente, mentre Alf si fermava.

«Sì, entro» disse Alf, disperatamente. «Su, ragazzi! Cosa vi spaventa?»

Entrarono incespicando. La piccola stanza era silenziosa e buia. Qualcosa si precipitò sopra la loro testa... un topo o uno scoiattolo. Il rumore fece sudare freddo Alf.

«Ancora nessun fantasma, ragazzi» disse, ma la sua voce tremava.

«Devi attraversare tutte le stanze, lo sai» disse l'impietoso Chad. «C'è una camera da letto e c'è il soppalco. Questo era il patto.»

Con un disperato tentativo di fischiettare, Alf iniziò a superare il piano cigolante. Aveva quasi raggiunto la stanza interna quando accadde una cosa terribile.

Nella porta vuota apparve un'alta figura bianca la cui testa raggiungeva il soffitto. Enormi ali d'ombra ondeggiavano vorticosamente intorno a loro, mentre sembrava che nel mezzo di questa terribile apparizione ci fosse una faccia infuocata, con gli occhi vuoti e cavernosi. Nello stesso istante un grido di agonia, il più lancinante che potesse essere udito da orecchie umane, risuonò per la casa.

Con un urlo di terrore, Alf Logan si voltò e corse verso l'ingresso, seguito dai suoi compagni. Dall'altra parte del cortile, oltre la conca, e su per la collina scapparono a velocità frenetica, senza mai osare guardarsi alle spalle, sebbene i lugubri lamenti continuassero a seguirli nel vento.

Quando l'ultima eco dei loro piedi fluttuanti si spense, il fantasma scoppiò in uno scroscio di risate molto umane e procedette a spogliarsi del sudario, imbottito di trucioli, che gli copriva la testa.

«Vieni qui, Fred, e aiutami un po'», chiamò. «Non riuscirò a togliermi queste lenzuola da solo.»

Fred saltò fuori dalla stanza interna e appoggiò un vecchio coltello sulla sporgenza della finestra.

«Hai mai visto una disfatta così completa?» rise. «Come hanno corso!»

«Stanno ancora correndo, scommetto» disse Frank, con un sorriso, mentre Fred staccava le lenzuola dalle sue spalle. «Quel terribile rumore che hai fatto sul violino li ha

spaventati peggio del mio. Alf non lo dimenticherà mai, e lascerà Lige Vondy in pace per un po', se non mi sono sbagliato. Ecco quel che farà. Il fosforo dovrà rimanere sulla mia faccia finché non torno a casa. Adesso andiamo.»

Se Alf Logan nutriva la speranza che la sua avventura di fantasmi potesse ancora rimanere un segreto, quella speranza fu dissipata quando andò alla fucina il giorno dopo. Fu accolto da risate derisorie e grida di uomini e ragazzi, mentre Lige Vondy per una volta fu in grado di cambiare le carte in tavola contro il suo vecchio nemico. Chad Morrison, che non aveva avuto alcuna presunzione di valore nella faccenda, e quindi non si preoccupava di essere stato spaventato, aveva raccontato tutta la storia.

A peggiorare le cose, la verità presto trapelò e Alf non ebbe neppure il triste compenso di credere di aver visto un vero fantasma. *Il fantasma fatto in casa di Alf Logan* attraversò come una beffarda parola d'ordine Cornertown Road e la supremazia di Alf sui ragazzi sparì per sempre, poiché si era mostrato uno spaccone e un vigliacco. Lige Vondy fu quindi lasciato in pace, e come Frank disse a Fred:

«La nostra gran messa in scena spettrale è stata un successo, non è così, vecchio mio?»

INDICE

Nella collana *I Classici Ritrovati*, diretta da Enrico De Luca, sono proposti classici, più o meno noti, della Letteratura Universale in edizioni la cui caratteristica principale risiede nella cura con la quale sono stati confezionati i testi, sempre rigorosamente integrali e corredati da apparati di note che ne consentono una migliore e più profonda comprensione. Solo così, infatti, è possibile ritrovare quel piacere che scaturisce da una lettura rispettosa di opere letterarie senza tempo, che ci parlano in una lingua e con uno stile diversi da quelli contemporanei, ma che sanno trasmetterci emozioni, consigli e godimento estetico come nessun altro libro è in grado di fare.

I Classici Ritrovati

1. Charles Dickens IL GRILLO DEL FOCOLARE
2. Charles Dickens A CHRISTMAS CAROL
3. Edmondo De Amicis L'ULTIMO AMICO
4. Jean Webster PAPÀ GAMBALUNGA
5. Lucy Maud Montgomery LA STANZA ROSSA E ALTRE STORIE DI FANTASMI
6. Jerome K. Jerome RACCONTATI DOPO CENA (in preparazione)